SÉBASTIEN NADOT

REINETTE 2.0

REINETTE 2.0

SÉBASTIEN NADOT

Alma, éditeur. Paris

ISBN : 978-2-36279-226-7

Tous les personnages de cette histoire existent.

Virtuels, ils sillonnent mers et continents quelque part sur les réseaux sociaux. Réels, leurs noms ont été modifiés. Des libertés sur la temporalité des faits ont également été prises…

L'auteur

1

Englouti dans mon costume gris, je n'ai qu'une envie : ôter cette cravate sombre avec son nœud, trop serré par la vendeuse ce matin. Chose faite, je l'envoie d'un geste rageur dans le bassin devant moi. Un couple de Japonais m'observe, l'air étonné. Une profonde inspiration, un dernier regard sur le morceau d'étoffe ; je reprends enfin mes esprits et mon souffle.

En automne, le jardin du Luxembourg est magnifique, les promeneurs nombreux. Pour peu que le vent s'agace, les feuilles dansent, multicolores, facétieuses. Mais stop ! Je ne suis pas arrivé là pour m'abandonner à la rêverie.

Je sors du bâtiment qui abritait autrefois l'école coloniale, à deux pas d'ici, rue de l'Observatoire. Une demeure au style néo-mauresque, superbe, vestige flamboyant de la IIIe République. Avec la décolonisation, l'école et sa mission ont disparu. Enfin presque… L'École nationale d'administration a pris la place. Un panneau à l'entrée l'indique, encadré d'un discret liseré bleu blanc rouge. Trois lettres comme une évidence. L'ENA.

Je viens juste de subir le « grand oral », dernière étape obligée pour intégrer la prestigieuse école. Ce n'est pas ce que l'on croit. Après une longue attente dans une pièce tranquille – le fauteuil gris est confortable –, une aimable dame, elle aussi grisonnante, m'appelle :

— Pierre Saintrailles ? Vous êtes attendu ! lance-t-elle cérémonieusement.

Je sursaute. J'abandonne sans regret la compagnie muette des candidats suivants pour gagner la salle d'examen. Au début, tout se passe très bien. Je parle avec enthousiasme de mon goût des autres. Précisons que j'ai méticuleusement travaillé mes accents de sincérité. À l'heure de la communication, pardon, je veux dire de la com', il faut savoir jouer de ses cordes vocales. Voix bien ajustée, claire, plutôt belle à entendre. Pas de difficultés particulières pour répondre aux questions qui s'enchaînent :

— Qu'est-ce que le service public ?

— L'État peut-il disparaître ?

— Faut-il investir encore et toujours plus dans l'éducation ?

Une étrange sensation finit par me troubler. À quel moment ? Je ne sais plus. Jusqu'alors, je m'écoutais parler, satisfait de mes phrases soigneusement choisies pour plaire au jury. Je m'aimais bien et mon discours était vendeur. Le temps d'une respiration, peut-être un signe involontaire d'un examinateur attestant de son ennui : mes éléments de langage s'évaporent.

À présent, l'absence répétée de réponses authentiques me met mal à l'aise et m'agace. Mon ronron faussement intelligent ne cache plus la misère de mes propos. J'essaye pourtant encore de convaincre le jury par quelques réponses peu intrépides de la même veine.

Mes doigts posés sur la table se serrent de plus en plus, comme si mon corps livrait bataille contre ma parole. Dans mon dos, je sens le public, impatient d'entendre ma première hésitation, un premier silence ou la fausse note qui permettra enfin d'alimenter quelques discussions sur les bancs de Sciences Po le lendemain.

Face à moi, les cinq examinateurs paraissent très attentifs. Oh surprise ! Pas de petit chef imbu qui pérore. Aucun ne profite de la situation pour écraser un peu plus ce candidat blafard de stress. Un jury de gens brillants qui n'éprouvent pas le besoin constant de bomber le torse pour garder leur équilibre psychique.

Avant de venir ici, je ne me faisais pas cette idée-là des hauts responsables de l'administration. Je n'imaginais qu'austères ribambelles de chefaillons, avides d'imposer leur nuisible petit pouvoir à la multitude désorganisée des fonctionnaires, tous petits aussi, répétant sans cesse :

« étage 4, 2e couloir à gauche, porte 201, bureau gris, mais revenez demain, ce sera mieux... »

Voici que mes réponses deviennent franchement insupportables. Je ne m'aime plus du tout ! Ma petite chronique est minable.

La présidente dU jury me demande alors ce que les nouvelles technologies pourraient apporter aux administrations. Le ton de ma voix se fait plus brutal, les violons laissant place à je ne sais quels tambours :

— Les nouvelles technologies sont des outils intéressants dans l'optique de régénérer la démocratie.

Qu'est-ce que je raconte là ? « Dans l'optique de... » ... « Régénérer la démocratie » ... Va au bout de ton raisonnement, me dis-je. Retour en arrière impossible. Je m'entends poursuivre :

— En France, le suffrage universel, principe d'expression de la volonté populaire, est censé fonder la souveraineté du peuple et permettre un régime démocratique. Pourtant, chaque élection est un nouveau naufrage tant la proportion de gens qui n'expriment pas leur choix est gigantesque. Organiser un scrutin par Internet permettrait d'augmenter le nombre de votants et de faire émerger un candidat meilleur, car plus représentatif.

— Vous faites allusion à la maxime d'Abraham Lincoln : le gouvernement du peuple par le peuple, pour le peuple ? questionne l'un des membres du jury. N'est-il pas naïf, voire dangereux, de considérer tout progrès technologique comme un progrès pour l'homme ? poursuit-il.

— Avez-vous lu *1984* de Georges Orwell ? ajoute la présidente.

— Je l'ai lu et je veux croire dans l'avenir contre le cynisme d'Orwell. Je pense qu'il est trop facile de s'enraciner dans les conservatismes et brandir la menace du risque technologique pour maintenir le statu quo. Le progrès n'est dangereux que dans les mains des gens dangereux. Le péril ne saurait venir d'un peuple véritablement souverain.

— Peut-être... Mais je vois que nous sommes parvenus au terme de notre entretien. Dommage, ajoute la présidente du jury, abandonnant à regret la pendule pour fixer ses yeux au fond des miens.

Quelle poisse ! Terminer par ces slogans. Puéril.

Au point où j'en étais, j'aurais au moins pu les mettre en balance avec ces mots de Pierre Desproges : « La sagesse populaire, on connaît. C'est elle qui a élu Hitler en 33. »

Je me lève, les jambes chancelantes. Je ne me souviens plus très bien de la suite : comment, je quitte les lieux, un vague souvenir de photos de classes accrochées sur un mur dans un couloir, quelques têtes connues, certainement les promotions précédentes de l'ENA.

Ma cravate a disparu au milieu des poissons rouges. J'ai dû offrir un spectacle pitoyable à ce couple de Japonais qui a probablement fait des milliers de kilomètres dans l'espoir de voir mieux... Encore quelques mètres pour atteindre les grilles du jardin du Luxembourg. Me voici rue de Vaugirard, devant l'entrée du Sénat.

— Non monsieur. Plus de place pour assister aux séances. Revenez un autre jour ou regardez sur Internet, me serine une hideuse petite dame à l'accueil, un œil sur son smartphone.

Pas très grave de manquer la séance des parlementaires de la Chambre Haute : j'ai consommé la totalité de mon crédit-temps quotidien de cerveau disponible. Il me faut du repos. Et puis, sauf ordre du jour exceptionnel, les débats des sénateurs m'ennuient. En revanche, j'avais promis ce matin à Claire de la retrouver à l'intérieur. Je suis déçu d'être planté là. Je voudrais lui parler tout de suite.

Comme il faut attendre un peu, je me replie sur le bar qui fait l'angle de la rue. Ambiance chaîne TV d'information à tue-tête :

— « ... inquiétudes à l'Élysée. La Présidente malade... Dans un instant le docteur Carrière, invité de la rédaction, nous expliquera en détail ce que cela signifie... »

Ça alors. Jeanne La Hire atteinte d'un mal incurable. Inattendu pour cette première Présidente de la République : elle n'est pas bien vieille, me dis-je. Un serveur monte le son.

— « … Parmi les symptômes étonnant de la maladie, il en est un des plus surprenants. Les urines de la Présidente, selon le communiqué… seraient de couleur bleue... »

Quatre personnes attablées derrière moi s'esclaffent :

— Trop de curaçao dans ses biberons !

— Fleur bleue, la Présidente… Il faudra l'arroser tous les matins !

— La grande bleue des profondeurs abyssales des sondages…

L'œil aussi vitreux que l'écran qu'il observe, le serveur accoudé derrière son comptoir ne peut s'économiser d'un commentaire de la plus grande élégance... Puis il monte encore le son. Le docteur Carrière commente par le détail l'état de santé de Jeanne La Hire :

— « La Présidente est atteinte d'une porphyrie intermittente aiguë. La couleur bleue de ses urines s'accompagne de troubles visuels et de sudations intenses. Sans compter d'évidentes menaces d'encéphalopathie : insomnie, excitation. On peut craindre des phases délirantes dans un délai plus ou moins long. Il s'agit d'un mal incurable. À l'évidence, Mme La Hire va connaître des moments de parfaite lucidité alternant avec des accès de folie. Dans ces conditions, il est impératif que son entourage l'accompagne. Il peut néanmoins légitimement douter qu'elle puisse remplir ses fonctions de manière normale. »

Les quatre convives derrière moi sont muets, leurs têtes vissées au poste. Ébahi lui aussi, le serveur s'est assis sous la télé, le torchon autour du cou. On dirait la fin d'un match de boxe : les combattants et l'arbitre épuisés, le public satisfait, avachi.

Le gag n'en est pas un.

De l'autre côté du trottoir, Claire me fait un petit signe de la main avant de traverser pour me rejoindre. Elle est si jolie qu'un gros monsieur à côté de moi semble espérer un instant qu'elle vienne s'installer à sa table.

Pas encore assise, elle enlève son écharpe en me disant :

— Coup de tonnerre au Sénat. Les deux dernières questions d'actualité ont porté sur les procédures institutionnelles en cas de vacance du pouvoir. Notre bellâtre de Présidente aurait déjà des ennuis. Probablement un gros retour de flammes concernant le financement de sa dernière campagne.

— Ou peut-être la couleur bleue de ses urines !

— Quoi ?

Je lui explique ce que les informations viennent de révéler.

— Sidérant, dit-elle. Pas que Jeanne La Hire soit folle. Tous les Présidents avant elle l'étaient à leur manière. Ce qui me dépasse, c'est que la télé défait cette Présidente en quelques secondes, sur une information relative à sa santé, quand mille autres, concernant son action politique, auraient dû mener à pareille conclusion.

— Ne vends pas trop vite la peau de l'ours. Crois-moi Claire, cette renarde et sa bande ne lâcheront sûrement pas prise du jour au lendemain. On avait pris l'habitude de pas l'aimer : ça va peut-être changer la donne, non ?

— Et toi, raconte-moi plutôt ton grand oral.

— Pour résumer, j'ai craqué dans les cinq dernières minutes avec une démonstration puérile sur Internet, l'outil démocratique de demain.

— Fichu pour cette année ?

— Oui. Je m'en veux vraiment. En même temps, je me suis disqualifié lorsque j'ai vraiment dit ce que je pensais. Je ne suis donc pas certain d'avoir des regrets. Parlons d'autre chose. Tu penses que l'entourage de la Présidente va laisser filer le pouvoir ?

— On le saura dans très peu de temps. Les premières réactions à cette annonce devraient suffire à nous le dire. Pour une fois, le JT de ce soir s'annonce passionnant.

— Claire, tu n'oublies pas qu'on va chez Imed et Caro ?

— Je les appelle tout de suite. Je leur propose une soirée spéciale La Hire. Allô, Caro ? Tu as entendu les infos ? Que penses-tu d'une soirée présidentielle ? Du fait de la maladie de La Hire, chacun d'entre nous pourrait présenter sa candidature aux élections ?

— Génial. Je transmets aux autres, on va bien s'amuser.

À peine a-t-elle raccroché, Claire me dit d'une voix chantante :

— Pierre ! Prépare ton discours ! Pas la cuvée Delors 1994 avec les trémolos dans la voix pour dire que « Les conditions ne me paraissent pas réunies pour la mise en œuvre de la politique que je crois nécessaire... » Ni du Jospin 2002 façon « J'ai décidé de me retirer de la vie politique. » Fais-nous un vrai beau discours, ni centre mou, ni gauche improbable, termine-t-elle, le visage éclairé de son irrésistible sourire.

— Claire, je suis un peu vidé. On écoutera les autres, ce sera déjà pas mal.

— Allez, s'il te plaît...

— Je ne prépare rien et on verra. On mange quelque chose avant d'aller chez eux ?

2

Imed et Caroline forment un couple charmant.

En plus d'être un héritage providentiel, leur appartement présente un double avantage : spacieux, il se trouve au cœur de Paris. Nous nous retrouvons chez eux, une ou deux fois par semaine, pour des soirées qui peuvent être plus ou moins bruyantes. Caroline profite de ses derniers jours de congé de maternité. Ensuite, elle reprendra son métier, professeur des écoles. Un sacerdoce, comme on dit. Et qui fait sa joie. Tout apprendre à des générations de jeunes endiablés, le rêve... À contre-courant de la morosité ambiante, elle garde un enthousiasme intact. Un jour, peut-être, se consacrera-t-elle entièrement avec la même flamme à sa passion pour le théâtre.

Nous arrivons les derniers, ou presque. Claire disparaît en cuisine, là où tout se passe. Elle peut y rester des heures à discuter avec ses copines. Attentive, toujours amicale, elle sait écouter.

Dans la pièce principale, les conversations roulent les unes dans les autres en une sorte de bourdonnement à foyers multiples. Nous devons être treize ou quatorze, je crois. Autour du canapé, les bouteilles et les verres tracent au sol leur parcours entre quelques chaises dépareillées. Ambiance de fête. La Hire n'est guère appréciée ici.

Imed d'une voix forte, avec emphase :

— Je déclare ouverte la soirée d'investiture à l'élection présidentielle !

Abandonnant la cuisine, Claire et Caroline s'auto-désignent d'emblée secrétaires de séance. Habile manœuvre, me dis-je, pour se soustraire au jeu des discours. J'éviterais volontiers, moi aussi, l'exercice. Non qu'il me déplaise de parler, en temps normal, mais je n'ai pas encore encaissé ma prestation manquée de fin d'après-midi. Dans l'espoir d'échapper à ce nouveau concours d'improvisation, je propose mes services pour toutes les corvées : ranger les bouteilles, nettoyer la cuisine et bien sûr ramener Berlu chez lui, puisque celui-ci finit toujours ivre chaque soirée, par principe. Cette offre ne rencontre aucun écho.

Imed commence. Nous formons un cercle, lui debout, nous assis, verres à la main.

— ... sans animosité envers quiconque, charitable, et sûr de mon droit... mettons-nous à l'œuvre pour panser les blessures de notre nation, pour porter soin à ceux qui souffrent... Mes chers compatriotes, je compte sur vous.

— Bouh ! Et de un ! s'exclame Berlu.

— Un quoi, demande Imed ?

— Un brillant leader qui veut le pouvoir parce qu'il aime ça et qui bouffera tout cru les petites gens. Du réchauffé, de la bouillie. T'es pas crédible dans le rôle, Imed, et question sincérité je t'en parle même pas.

— Méfie-toi Berlu, j'ai prévu un programme de rééducation mentale pour les déviants de ton espèce. En vigueur le soir même de mon élection, interrompt Imed, l'œil rieur.

— À qui le tour ?

— Allez Inès, à toi !

Inès, c'est notre gauche de la gauche, notre Arlette mélenchonnée à nous, lunettes rondes en plus. Révoltée permanente, un peu agressive parfois, elle est secrétaire de rédaction pour *Le Patriote*, une feuille de chou du XIVe arrondissement qui paraît dès qu'un peu d'argent résonne dans les caisses pour payer l'imprimeur. Ni quotidien, ni hebdo ou mensuel, c'est le journal inattendu : des mois peuvent se passer avant que surgisse le nouveau numéro tant espéré. Inès donne aussi quelques cours de français pour payer sa chambre avec vue sur les rails du RER, station Nanterre-Université.

— Éclaire notre sentier, lumineuse guérillera, ajoute Berlu.

Inès, très scolaire, très XXe siècle, assez abrupte, se lance de sa voix monocorde dans l'aventure. Pour une fois, chacun prête au moins une de ses oreilles à son discours. Évidemment, on l'a déjà souvent entendu :

— Je suis devant vous aujourd'hui parce que ma candidature incarne une France qui ne renonce ni à ses valeurs sociales ni à ses ambitions démocratiques, une France en mouvement, ouverte et créative, soucieuse du sort des travailleurs et opposée à l'oligarchie financière. Je m'engage à ouvrir le chantier d'une rénovation profonde de nos institutions, mettant fin à l'abus de pouvoir présidentiel et restaurant la démocratie parlementaire. Mon élection sera un signe fort en direction des femmes, de toutes les femmes...

— J'en ai les larmes aux yeux ! s'écrie Maxence. Tu penses vraiment qu'en supprimant le système présidentiel, tu vas résoudre les problèmes des gens ?

D'humeur heureuse et nonchalante, Maxence est le centriste du groupe : un peu d'accord avec tout le monde, un peu pas d'accord, soucieux de ne heurter personne. Son créneau : les grandes causes. Je dis : « Non au cancer. Non au nucléaire. Non aux famines. Non au réchauffement de la terre et aux dérives sectaires. Non aux accidents de la route et aux défaites de l'équipe de France de foot... »

Indigné par les maux de notre société, Maxence fluctue dès qu'il s'agit des solutions ou des remèdes. Le centre ? Cela s'impose, selon lui, parce que la gauche peut faire rêver (et encore) mais après c'est foutu, archi foutu. Quant à la droite, elle est capable de changer les choses, de réformer, mais toujours avec une paille dans l'œil, voire une dans chaque... Bref, d'enchaîner connerie sur connerie.

Les images de la Présidente commencent à défiler sur l'écran. C'est l'heure du JT. Imed monte le son. Une nuée de journalistes apparaît à l'écran. Ils convergent sur la Présidente La Hire qui s'installe lentement à l'arrière de sa berline noire.

Après avoir plus ou moins forcé sa femme à s'asseoir, le mari de la Présidente se tourne vers la forêt de caméras et de micros.

— Tiens, voilà M. Cassoulet, plaisante Maxence.

Le visage de Raoul Laval bouffi par l'alcool a fait l'objet de plusieurs réfections. Mais rien n'y fait, son nez violacé focalise l'attention, d'autant qu'on a souvent l'occasion de le voir dans les médias : depuis l'élection de La Hire comme Présidente, son mari est Premier ministre. La République familiale...

Après avoir feint d'entrer à son tour dans la voiture présidentielle, l'époux de la Présidente se retourne, lunettes de soleil vissées sur son visage alcool et botox :

« La France, annonce-t-il, n'a vraiment aucune raison de s'inquiéter. Aucune, aucune. J'appelle tous nos concitoyens à se mobiliser autour de ma femme et moi pour continuer au redressement de notre pays. Rien n'entamera notre détermination. Je vous remercie. »

— Si c'est pour entendre ça Imed, éteins la télé, soupire Inès.

— Ah, Ah ! les grands communicants de l'Élysée ont déjà trouvé la solution. Jusque-là c'était monsieur fantoche. Désormais ce sera madame fantoche…

— Raoul Laval fait à la France le don de sa personne, déclame Berlu, théâtral.

— En effet, je crois bien qu'il nous propose de remplacer sa femme, au pied levé ! Mais ne serait-ce pas, justement, au tour du poète Berlu d'entrer dans la palabre ?

— Mon programme tient en trois accords et quelques paroles, chante Berlu qui a pris sa guitare et coupe court aux échanges verbaux.

Il fredonne doucement :

C'est quand le bonheur ?

C'est quand le bonheur ?

C'est quand le bonheur ?

Puis, crispé sur sa guitare, enchaîne une mélodie plus orageuse, d'où émerge : *… et dans cent cinquante ans, on s'en souviendra plus…* Jusqu'à ce que Imed, l'interrompe :

— Arrête tes trucs yéyé, Berlu. Fais nous plutôt *Antisocial tu perds ton sang-froid*. Ça hypnotise les foules.

— Yéyé ?

Berlu semble un peu vexé.

Désolé les amis, je ne mets même pas un petit doigt dans l'engrenage de votre jeu. Ma musique fait la nique aux politiques. Mon éthique s'arrête à ma rythmique. Que dégagent ces types pleins de tics aux costumes trop chics...

Chloé, qui n'a encore rien dit – ce qui est rare – intervient pour faire l'éloge des couplets de Berlu. Et poursuit :

— Quelqu'un peut-il m'expliquer ce que veut dire notre Ronny Alité national quand il chante :

Quel est ce pays
Où frappe la nuit
La loi du plus fort
Diego, libre dans sa tête...

Chloé travaille dans un salon de coiffure du VIe arrondissement. Elle était dans la classe de Claire au collège. Mais le parcours scolaire n'a pas été le même. Simple et gentille : tout le monde l'aime. Elle dit un peu trop souvent ce qui lui passe par la tête, mais on le lui pardonne. Elle intervient soudain, coupe la parole puis se rend compte, dès ses premiers mots, qu'elle est en train de dire une énormité. Il lui faut alors cinq bonnes minutes d'un écheveau de phrases pour tenter de faire oublier les inepties du début. Ça marche assez bien, car on est saoulé. Se faire coiffer chez elle doit être un pur enfer.

— Chloé, dit Maxence, la chanson que tu fredonnais, elle n'est pas très politique tu sais...

— Ah bon ?

Les discours se succèdent. Noa, par exemple, se donne l'air de beaucoup réfléchir et parle avec lenteur, comme pour peser chaque mot, sans pour autant convaincre.

La soirée avance tranquillement quand j'ai la mauvaise idée de renverser le bol de guacamole. L'attention se focalise sur moi. On me réclame une intervention.

— Ne te fais plus prier. Allez ! insiste Caroline. Sinon c'est la bronca. Tu auras les protestations des voisins sur ta conscience.

Berlu propose une tournée générale pour me donner du courage. Irrésistible. Avec, pour moustache, deux traits de mousse de cidre, je me lève :

— Nous sommes en ce jour au chevet d'une malade. Cette malade, ce n'est pas la Présidente La Hire. Bien plus grave que la crise urinaire de l'Élyséenne suprême, je vous parle de notre République. Les valeurs que nous devons défendre ? Nous avons déjà passé des heures à en discuter et les précédents discours en ont fait la synthèse. Mais aucun discours ne mettra en œuvre une quelconque solution.

— Pierre ! Joue le jeu.

Quelques secondes passent.

J'éprouve à peu près le même sentiment que le jour où la mère de Claire m'a déclaré avoir placé mon numéro de portable dans sa sélection d'appels illimités. Sans voix, sans idée. « Comme ça, je pourrai vous appeler autant que je veux, mon chou », avait-elle ajouté…

Finalement, je retrouve mes esprits :

— Ce qui importe aujourd'hui, c'est de changer le mode d'élection pour changer la politique. Le choix d'un nouveau Président n'est pas seulement une remise à jour du pouvoir. C'est un changement de logiciel… Je ne me présente pas à vous, ce soir, en candidat, chers amis. J'entends provoquer une nouvelle aventure démocratique.

Partons d'abord du constat :

1. La place de la France dans le monde régresse.

2. Le suffrage universel se trouve accaparé par une génération vieillissante et sclérosée, celle-là même dont le futur importe le moins puisque, par définition, son avenir est le plus court.

3. Internet est devenu le système nerveux de notre société.

Il nous faut donc initier des élections présidentielles d'un nouveau genre. Un pas doit être franchi. Apparemment technique, la question du mode de scrutin est en fait éminemment politique.

Je propose donc un scrutin à trois tours par Internet.

Au premier tour, chaque Français pourra exprimer une voix pour la personne de son choix : son voisin, sa sœur, son collègue ou la jolie boulangère... Tout individu habitant sur le sol français pourra être désigné.

Pour le deuxième tour, les mille mieux classés du premier resteront en compétition et auront la possibilité de se faire connaître et de faire connaître leur programme, s'ils en ont un et s'ils le désirent.

Enfin, le troisième tour sera un scrutin planétaire, ouvert aux vingt meilleurs du tour précédent. Les étrangers qui souhaiteront voter le pourront. Leur choix comptera pour un tiers tandis que celui des Français représentera deux tiers. Eh oui ! Le monde est vaste. Pas question de se recroqueviller.

Un nouveau paysage politique se dessinera. Fait de curiosités, ses contours apparaîtront petit à petit comme un chemin s'ouvre devant soi quand on l'emprunte la première fois. Pourquoi pas, sur le modèle islandais, lancer une assemblée constituante d'internautes ?

Mon discours est terminé. Berlu me demande :

— Tu es sérieux ? Une Star'Academy présidentielle ?

— Pourquoi, d'habitude, il en va autrement ? lui dis-je.

Sans que je puisse répondre davantage, Inès prend alors la parole pour dire tout le bien qu'elle pense de cette forme de désignation d'un nouveau Président. Imed, qui vient de se faire licencier de son entreprise d'informatique, bondit d'un air joyeux pour attraper son ordinateur. Après avoir obtenu un diplôme d'ingénieur en sécurité et technologie de l'information, Imed n'a pu résister aux sirènes d'une agence de com'. Grassement payé mais pas du tout en phase, il a trouvé le moyen se faire licencier avec de très belles indemnités.

— Les affaires reprennent, dit-il. Je monte un blog et un site pour organiser le plébiscite.

Se tournant vers moi :

— Une semaine pour candidater, c'est suffisant ?

— Euh... Je crois que vous venez d'entendre mon deuxième discours minable de la journée. Je veux bien un peu plus de cidre.

Inès reprend la parole, décidément plus bavarde en une soirée que durant toutes celles de l'année accumulées :

— Prévois plutôt trois semaines pour informer, une semaine pour voter, une semaine pour le second tour et encore une pour le dernier.

— Ça nous fait une nouvelle ou un nouveau Président dans environ six semaines, décompte Caroline. Pas mal non ?

— Un peu plus car le décompte pourra seulement commencer lorsque Imed aura mis en ligne le portail Internet de l'élection, précise Maxence.

Avec Ludo, arrivé depuis quelques minutes, nous sommes maintenant quinze. Je suis le seul à me taire. J'ai lancé presque au hasard quelques mots et voilà que tous ajoutent des propositions tandis que nos deux greffières notent l'essentiel. Même Ludo qui n'a pas trop analysé la situation est bien bavard. Pour un prof de gym, je veux dire de sport… enfin plutôt d'éducation physique et sportive… savoir parler c'est plutôt rare. Ludo qui excelle en escalade, tennis et rugby n'est pas ridicule lorsqu'il s'exprime. Mais habituellement, il est plutôt discret.

— Comment va-t-on appeler l'élection ?

— Plébiscite ? propose Inès.

— Bonaparte nous voilà ! Il faudrait un autre terme, se risque Noa.

— Mais non, reprend Inès. La plèbe représente historiquement la population qui s'oppose à l'organisation oligarchique de la cité romaine. Aujourd'hui, la plèbe refuse l'arbitraire d'une constitution devenue obsolète.

— Quand tu dis obsolète, tu es encore trop polie, renchérit Claire.

— Tu as raison. La situation actuelle ne mérite aucun respect, pas même dans les mots…

— L'un d'entre nous sera-t-il candidat, pour vivre l'expérience du dedans ?

— T'as vraiment rien compris Ludo. Pas la peine de se présenter pour être désigné, reprend sèchement Inès.

À cet instant, je voudrais dire que je n'étais pas sérieux, que la farce m'animait et pas la force ni l'astuce d'un Jedi. Je voudrais reprendre mon discours, parler de toutes ces « primaires » plus ou moins citoyennes qui voient déjà le jour ici et là au gré des opportunismes. Personne ne m'écoute.

Imed s'est installé à côté de moi. Il pose de temps à autre des questions, sans relever la tête. Elles varient. Cela va de la couleur du fond d'écran au logo du plébiscite en passant par les modalités précises de l'élection.

— Le plus compliqué sera de s'assurer de la validité du scrutin. Un vote par personne, il va falloir être inventif pour contrôler ! Mais ça peut se faire, lance Imed euphorique.

Inès propose alors de se répartir les tâches :

— Qui s'occupe du vote international du troisième tour ?

Je choisis ce moment pour m'assoupir sur le canapé sans participer davantage à notre soirée « gag présidentiel ». Claire me caresse peut-être la tempe depuis des heures ou depuis cinq minutes, quand elle me dit :

— Pierre, on y va. Il faut déposer Berlu.

— Ah bon ?

J'ouvre les yeux, me lève et secoue mes poches dans lesquelles cliquettent les clefs de la voiture. Je les donne à Claire, sans un mot – trop fatigué – et je shoote gentiment dans le postérieur de Berlu pour qu'il se remue. Comme d'habitude, il me faut le prendre à bras le corps jusqu'à notre vieux carrosse. Épuisant, interminable. Quel boulet. On vient à pied mais il faut, chaque fois, aller chercher la voiture à plus d'un kilomètre pour ramener Monsieur J'ai-trop-bu !

3

Le son nasillard de la radio me tire d'un dernier rêve, plutôt agité pour le peu qu'il m'en souvient.

— Allez, lève-toi ! Heureux prof. Tes gentils élèves, t'attendent. Et le week-end, c'est pour ce soir.

— Claire... Non. Quelle bassesse.... Je dormais si bien.

— Pas d'histoire, au travail.

L'histoire, c'est précisément ce que j'enseigne. Je n'ai pas encore intégré l'ENA. Je dois donc me presser d'aller prendre le RER. Rejoindre mon lycée de banlieue ne m'enchante guère.

On dit beaucoup de bien de ce genre d'établissement quand on habite au cœur de Paris. Ah, la solidarité entre enseignants ! Ah, les projets inventifs, l'expérience pédagogique, la force du vécu... Il suffit d'aller au cinéma : les classes difficiles nous révèlent à nous-même, nous poussent dans nos derniers retranchements, nous font fendre l'armure professorale, nous révèlent d'infinies ressources didactiques...

Pourtant, en salle des profs, la plupart échafaudent mille démarches pour quitter le navire. D'autres ne semblent vivre que pendant leurs vacances. Deux ou trois se disent bien à l'aise dans leur travail, ce qui laisse présager chez eux quelque déséquilibre intérieur. Enfin, il y a la kyrielle de nouveaux, dont je fais partie, remplaçants précaires en tous genres, expédiés presque chaque matin pour subvenir à l'incontrôlable inflation des congés maladie.

Je n'ai pas fait Sciences Po pour m'occuper de gamins braillards de quinze ans qui ne voient pas à quoi sert l'école. L'expérience, fatigante, n'est pas dénuée de sens, à condition qu'elle reste brève…

Deux heures plus tard donc, j'essaie tant bien que mal de récupérer mes élèves disséminés dans la cour. Quelques hurlements, bousculades, charges ou esquives et je parviens à ma salle de classe tandis qu'ils prennent place dans leur désordre habituel.

L'un d'eux me demande ce que va devenir Pissebleu – le nouveau surnom de la Présidente La Hire. Il ajoute :

— M'sieur, c'est normal que son mari vienne à la télé parler pour elle pour dire que tout le monde doit faire des efforts et tout et tout ?

La classe de seconde que j'ai devant moi présente cet avantage que personne ne trouve à redire si le programme n'est pas bouclé ou si j'écorche (sans faire exprès bien sûr) quelques honorables sommités du personnel politique français. Du moment qu'il n'y a pas de rapport ni de conseil de discipline, vogue là où tu peux.

— Selon la Constitution, il revient au Président du Sénat d'assurer la continuité de l'État en France, lorsque le Président de la République ne peut plus assumer ses fonctions. La conduite de Raoul Laval n'est pas très claire. Il semble vouloir s'arroger un pouvoir qui ne lui appartient pas. Une belle entorse à la Constitution.

Les questions simultanées me submergent :

— C'est quoi s'arroger monsieur ?

— Mais la France, le bouquin d'histoire la met dans les démocraties, non ?

— Les pays sous-développés ont toujours un Président, pas vrai monsieur ? Moi dans mon pays...

— La Présidente La Hire quand elle s'est fait élire, elle voulait juste un yacht et un avion avec jacuzzi gratuits rien que pour elle et son Raoul. Ça change quoi la maladie de La Hire dans tout ça ?

— Sûrement qu'il va se chercher d'autres nanas le Raoul Laval.

Après ces échanges profonds, je parviens à reprendre le contrôle. Le cours continue sur un jeu de questions-réponses. Les mômes sont très intéressés par ce qui se passe. Il faut dire que le couple La Hire-Laval fait très fort. D'abord les urines bleues de madame, ensuite une intervention télévisée pitoyable de monsieur qui se voit déjà Président et Premier ministre en même temps.

Dans le RER bondé du retour, je me demande comment la France s'est mise dans un pétrin pareil. Qui a dit qu'on a les dirigeants qu'on mérite ? Parce que là…

Devant moi, un SDF tend la main sans conviction, dans l'espoir d'une pièce. Je repense aux discours de la veille. Finalement, c'était une bonne soirée.

Mon portable sonne.

— Pierre ?

— Oui…

— Tu passes vers quelle heure ?

— Je ne sais pas. Je retrouve Claire tout à l'heure, on a prévu d'aller au cinéma voir…

— Eh ! N'oublie pas que tu dois me donner la page de présentation du projet pour que je la mette en ligne au plus vite. Pense aussi à ton carnet d'adresses.

— J'ai rien préparé, on remet à demain ?

— Non, passe ce soir, même un peu plus tard. Inès sera là et peut-être aussi Maxence. On doit travailler ensemble.

— D'accord, à ce soir…

— Super, Pierre, on avance.

Comment mes divagations de la veille ont-elles pu être prises au premier degré ? J'avais en tête des gags, comme l'émission de télé « La Belgique a fait sécession. » Non seulement, notre petite bande d'hier a aimé. Mais, en plus, elle n'a pas oublié. On va donc passer le week-end à refaire le monde. Pourquoi pas, après tout ? J'ai le temps, plus de révisions pour préparer l'ENA, ni de copies à corriger.

Claire est déjà rentrée. Assise face à la baie vitrée, je la devine absorbée par son écran de smartphone. Sans se retourner, elle lance :

— Incroyable ! Les spécialistes disent que le trafic sur Internet est désormais davantage lié aux réseaux sociaux qu'aux requêtes sur les moteurs de recherche. Tu te rends compte ?

— Pas vraiment. Je vais prendre une bonne douche. On va toujours au cinéma ?

— Je préférerais qu'on aille chez Imed et Caro pour préparer la Campagne 2.0, me répond Claire.

— Campagne 2.0 ?

— Quand on parle de Web 2.0, on évoque tout ce qui permet aux internautes d'interagir, de s'exprimer, de partager. Tu te souviens de ton premier ordinateur et de tout ce qu'il fallait programmer pour lui faire faire pas grand-chose ? Maintenant avec toutes les interfaces entre l'informatique dure, les sites et les réseaux sociaux, un non initié comme toi peut produire des miracles avec son ordinateur. Ton discours d'hier, c'est utiliser Internet en politique avec un dessein clair. Finis les autocrates légitimés par des partis politiques intellectuellement à sec et idéologiquement moribonds. Voici venu le temps d'une communauté citoyenne connectée qui décide collectivement de son avenir. On entre enfin dans le XXIe siècle ! Ce seront les premières élections d'un nouveau genre. On va lancer la campagne 2.0.

— Tu as entendu tout ça dans mes propos !

Quelques minutes plus tard, je sors de ma douche. Mais cela n'a pas calmé l'agitation interne de ma petite boîte crânienne.

— Claire, franchement, Internet démocratique par nature, voilà une idée naïve. Cela n'a pas de sens.

— Bien sûr que si. La IIIe République reposait sur la presse. La Ve République s'est abreuvée de télévision. Avec l'avènement des nouvelles technologies de la communication, il est temps que notre modèle politique change.

— Et la IVe République ?

— Pierre, je suis sérieuse. Voilà une occasion d'enclencher des mécanismes concrets pour renverser une situation qui décourage toutes les nouvelles énergies.

— Admettons. De vrais changements sont indispensables mais je ne crois pas vraiment aux bienfaits automatiques de nos ordinateurs. Tu n'as pas pris mon envolée pour une plaisanterie ?

— Oui et non. Continuons... Ouvrons un nouveau chemin comme tu l'as si bien dit hier. On verra où cela nous mène.

L'enthousiasme de Claire m'étonne. D'habitude, elle n'est pas franchement impulsive. Elle prend toujours du recul, probablement comme on le lui enseigne chaque jour dans son école de journalisme. Et voici qu'aujourd'hui, elle préfère se priver de cinéma pour donner suite à ce projet douteux.

Faut-il sacrifier une belle soirée en amoureux pour s'abandonner à l'illusion de changer une société bloquée ?

4

Imed me jette les clefs du balcon en criant :

— L'interphone ne fonctionne plus !

Je pousse la porte de l'immeuble. Claire plaisante. Ce n'est pas très tendance d'avoir pour Q.G. de la campagne web 2.0, un appartement non connecté.

Sur le palier, le calme de Caroline tranche avec l'excitation perceptible dès le seuil de la porte. Le canapé tourné vers la télévision est toujours là. Tout autour, le décor a changé. Cinq ordinateurs sont alignés sur une longue planche équilibrée par des tréteaux. Des fils emmêlés traînent partout au sol et grimpent sur quelques murs. Peut-être cherchent-ils aussi à s'échapper… Ludo, Maxence, Imed et Berlu le nez sur leur écran ne se tournent même pas vers nous pour nous saluer.

J'hésite. Ce pourrait être un centre d'appels téléphoniques de pays émergent. Ou bien un Q.G. militaire pour film américain. Inès jette un œil vers les quatre travailleurs numériques, et s'approche de nous :

— Ils préparent le terrain, chuchote-t-elle avec une pointe de fierté dans le regard. Tout le monde s'arrête dans quinze minutes pour le briefing. D'ici là, vous pouvez peut-être commencer à allonger la liste de nos contacts en mettant tous les vôtres ici. Je me charge de les hiérarchiser et de vous donner un récapitulatif.

Berlu saute de sa chaise, la voix chantante :

— C'est bon, j'ai la musique ! J'ai trituré un peu de classique avec des paroles bobo dessus. Je prendrais bien une bière.

— Utilise tes deux bras et ouvre m'en une, dit Maxence les yeux toujours rivés sur son écran.

— La musique de quoi ? dis-je bêtement.

— Du site, espèce de banane, répond Berlu.

— Chloé arrive, annonce Imed. Passe-moi les clefs que je les lui envoie…

Claire m'a déjà abandonné. Je ne sais pas ce qu'elle peut raconter à Caroline au bout de la pièce. Dire qu'on aurait pu passer une soirée tranquille, tous les deux. Content sans plus, d'être là, je me pose sur le canapé, une bouteille à la main, un peu coupé des autres, plongé dans mes réflexions. C'est comme s'il y avait un grand vide dans l'espace qui sépare mes deux tempes.

Nous voici donc à nouveau réunis. Hier soir, après le journal du 20 h, tout s'est emballé. Effet du cidre et du muscat ? Maintenant, rien ne m'explique cet enthousiasme. Que peuvent quinze personnes, aussi déterminées soient-elles, pour changer quelque chose dans la vie de millions de gens ? Qui plus est, en dehors d'Inès, aucun d'entre nous n'appartient aux cercles de la politique ou des affaires. Aucune proximité avec le pouvoir. Notre petit périmètre n'est qu'un concentré de ce qui fait la France : provinciaux, banlieusards, immigrés pris dans les affres de la vie parisienne.

Ils quittent un à un leur pays
pour s'en aller gagner leur vie
loin de la terre où ils sont nés...

En s'éloignant de ses parents, des vies closes, des cercles étroits, chacun croit à son étoile, à un parcours professionnel bien rempli, ouvert... Après quelques mois, la routine et l'abrutissement d'une vie qu'on estime réussie empêchent de se projeter ailleurs qu'à Paris. Alors on reste, mi-cynique, mi-résigné, avec des rêves de villes plus agréables à vivre.

— Conseil de guerre ! crie Inès, décidément transformée depuis vingt-quatre heures. Vous avez tous suivi les derniers événements, poursuit-elle. La France n'a plus vraiment de Présidente, ce qui pourrait être sans conséquence si l'équipe réunie autour d'elle n'était pas à ce point lamentable. Même si Raoul Laval fait la forte tête, il va probablement y avoir des élections anticipées. C'est là que nous intervenons, à partir du projet de Pierre.

— Puisque tu parles de moi, je voudrais ajouter à mes propos d'hier qu'il convient d'éviter toute technophilie abusive. Ce n'est pas parce que plusieurs pays du monde arabe sont parvenus, grâce aux sms, à s'émanciper quelques mois d'un pouvoir pesant que nous devons en espérer autant des usages d'Internet. Les réseaux sociaux sont des armes efficaces pour s'imposer par la force. Regardez l'usage qu'en font les terroristes.

— Tu as probablement raison Pierre mais la question n'est pas là, me répond Inès. Notre Présidente est folle. Son parti ne vaut rien. Les partis traditionnels n'offrent que des alternatives médiocres. Les dernières élections montrent que les Français sont en pleine rébellion. Le clan La Hire essaie de maintenir le statu quo, au risque d'un vrai coup d'État permanent ! Une autre alternative plausible consisterait à organiser des élections hâtives dans un contexte délétère. L'abstention maintiendrait la situation à l'identique. La folie de la Présidente survient donc à point, au moment où il faut revisiter non seulement la fonction suprême mais aussi les moyens d'y parvenir.

— Mon argumentaire peu réaliste n'était qu'une reprise de ma foirade à l'ENA. Penser que nous pouvons changer les choses par Internet, remédier à l'abstention, au rejet de la politique, c'est une utopie. Les nouvelles technologies sont seulement des plates-formes techniques neutres facilitant la communication. S'adresser aux autres par des voies différentes ne change rien tant que le contenu et le récepteur n'évoluent pas. Corriger la forme ne modifie pas le fond.

— Bien sûr que si ! Pierre, en t'écoutant parler hier soir, une évidence est apparue : pour la société, l'avènement d'Internet a fait vieillir le XXe siècle. De passé proche, il nous est devenu passé lointain. Désormais, une génération se renouvelle tous les dix à quinze ans. La Ve République, la Constitution de 1958 et toutes les institutions qui en découlent ont l'âge de Cro-Magnon.

— Vous voulez tout casser... Les institutions sont aussi un gage de stabilité, laisse échapper Maxence.

— Elle a raison Inès, coupe Imed : notre modèle social se défait, les politiques sont à bout de souffle, l'économie et l'industrie dévoilent chaque jour l'étendue de leurs faiblesses. Râler, toujours râler, encore râler, mais jusqu'à quand ? Les jeunes ? Ils ont conscience d'appartenir à la génération poisse.

— Ta proposition d'hier est le meilleur moyen, reprend Inès, de dire à chacun : tu peux infléchir l'avenir. Pas dans une manif de plus, mais derrière ton écran...

— Ohé les intellos ! Vous savez quoi ? Ce matin, j'ai coiffé le fils d'Arnaud Coarraze, dit alors Chloé. Beau gosse, très sympa avec ça. Il m'a confirmé que son père avait perdu dix-huit kilos en se privant de croissants lorsqu'il espérait battre La Hire il y a trois ans.

— Tu as du beau monde dans ton salon, lance Imed.

Mais Inès poursuit sans leur prêter attention :

— ... Comprends-moi, Pierre, les outils numériques permettent le décloisonnement des groupes sociaux opprimés et le renforcement des dissidences. Ils peuvent ensuite servir de base logistique concrète à la contestation.

— Fédérer et contester, très bien, renchérit Imed. Mais passons à l'étape suivante. Maintenant, il faut changer la donne. La politique doit s'adapter à l'homme né au XXIe siècle.

— Croyez-vous vraiment pouvoir incarner l'esprit politique du nouveau siècle avec une belle page tape-à-l'œil dans la jungle d'Internet ? intervient Maxence.

En voilà un qui a tout de même gardé un peu de distance et d'esprit critique, me dis-je. Cela ne me surprend pas de la part de Maxence. Entre gauche et droite, le milieu a le mérite de réfléchir avant de parler.

— Exactement.

Inès crie presque :

— Vous connaissez la théorie du cygne noir ? Le dissident de Wall Street, Nassim Nicholas Taleb, développe l'idée suivante : un événement imprévisible a très peu de chance de se dérouler, mais s'il se réalise, les conséquences sont considérables et exceptionnelles.

— Tu veux dire que la maladie de la Présidente est une aubaine ? Pas besoin de théories fumeuses, on avait compris.

— C'est bien plus, reprend Inès, que rien n'arrête. Étant encore récentes, les nouvelles voies de communication ne sont pas complètement verrouillées ni contrôlées. Un espace inédit d'action politique est ouvert, sans doute pas pour très longtemps.

Caroline, Claire et Chloé discutent en aparté. J'ai très envie de tirer la manche du chemisier de Claire pour lui dire « Rentrons, je veux te prendre dans mes bras, notre divan nous attend. » Mon naturel curieux me fait tout de même tendre l'oreille. Tandis que quelques pleurs arrivent de la chambre d'enfant, le moulin à paroles de Chloé marche à plein régime :

— Il doit me rappeler demain… Les filles, je vous préviens, je sors le grand jeu…

5

S'éterniser pour prendre son petit déjeuner : voilà un petit bonheur que j'aime à renouveler chaque week-end. Généralement, Claire a tout préparé quand je me lève et m'accueille avec un sourire annonciateur d'une belle journée.

Ce matin, l'odeur du café et des pains aux chocolats déposés sur la table aident à l'achèvement heureux de mon réveil. Je suis peu bavard. Claire me parle de ce qu'elle vient d'écouter à la radio dans son émission favorite sur l'économie.

Claire s'exalte toujours quand elle évoque l'avenir. Tout le contraire de moi. Elle me répète que je suis cynique, mais comment en irait-il autrement quand on observe le monde tel qu'il est ? Notre discussion s'anime lorsqu'elle dévie vers notre désormais projet politique collectif...

Durant les premiers jours qui ont suivi la soirée, je suis resté sceptique. En revanche, aujourd'hui, à la veille de lancer le portail Internet des candidatures, je suis très excité. Le premier week-end nous a permis de nous répartir les tâches et de lever les doutes ou les réticences, surtout les miennes d'ailleurs. Imed et Inès, libérés de toute contrainte professionnelle, ont travaillé dur pour organiser cette étrange entreprise et lui donner forme.

Les discussions avec mes élèves m'ont stimulé. Je leur ai proposé un jeu : réinventer un modèle d'élection intégrant les réseaux sociaux. De l'inspiration et des idées, ils m'en ont donné à foison et lorsque je leur ai présenté notre dernière version avant la mise en ligne du « portail présidentiel », ils ont été tellement emballés que j'ai dû refréner leurs ardeurs. Le jour de la sortie des classes, tout le lycée connaissait le projet et la plupart des élèves étaient déterminés à en informer leurs amis. Bonjour la neutralité politique du professeur d'histoire… C'était il y a huit jours et, le groupe d'amis constitué sur le réseau social le plus développé au monde a franchi les 2000 membres dès le premier week-end des vacances. Pour les connaisseurs, on peut parler de petit succès viral immédiat ! Ensuite – éloigné de mes élèves par les congés scolaires – j'ai retrouvé chaque jour mes complices, chez Imed et Caro ou bien dans les allées du jardin du Luxembourg, notamment pour faire quelques essais de prise de parole publique, de quoi tester notre discours.

Une opération politique citoyenne collective, sans crise d'ego ni tentatives individualistes, est très stimulante.

On rigole bien, surtout quand Inès tente de convaincre quelques passants. Son langage sans finesse rappelle celui des syndicalistes post 68, voire un Georges Marchais la gouaille en moins. La plupart du temps, elle est involontairement drôle. Mieux vaut rire sous cape, d'ailleurs, quand elle pique une colère authentique car elle n'apprécie pas la plaisanterie.

Demain, alors que notre portail de candidature sera ouvert aux internautes, nous activerons tous nos réseaux sociaux. Le groupe de soutien monté par mes élèves a désormais atteints les 10000 inscrits ! Qui sont ces gens ? Même s'ils peuvent tous figurer parmi les candidats, difficile de dire combien sont réellement intéressés par une nouvelle élection présidentielle.

De son côté, Imed a conçu un algorithme qui renvoie pleins de mots-clefs vers notre portail Internet. Nombreux sont ceux qui devraient se trouver sur notre site par un hasard méticuleusement provoqué alors qu'ils effectuent une requête sur l'état de santé de la Présidente, sur la météo en Corse ou sur la recette de la croustade gasconne.

Maxence est parvenu à convaincre le responsable des pages débats du *Monde* de faire un papier sur notre entreprise. Un titre neutre mais prometteur : « La technologie fera-t-elle progresser la démocratie ? »

Avoir ses entrées dans l'un des plus prestigieux quotidiens français est une aubaine. Pour nous l'élection doit passer par l'intermédiaire d'Internet mais sans renoncer à l'ensemble des autres médias. La dernière élection présidentielle a montré que le choix d'un président se fait comme celui des fruits et légumes au supermarché. Beaucoup de visibilité, un bel emballage et les pommes sont vendues... Peu importe que le ver soit dans le fruit. Tous sont prêts à en croquer.

Claire franchit le seuil de la cuisine, me tirant de mes pensées.

— Pierre ?

— Oui.

— Connais-tu la dernière ? Chloé flirte avec Julien Coarraze.

— Pas possible ! Très romanesque le fils d'énarques avec la jolie coiffeuse.

— Sur le dernier texto, elle me demande si elle peut l'inviter chez Caro et Imed demain soir.

— Bien sûr qu'il peut venir, dis-lui. Plus on est de fous...

— Un peu risqué quand même non ?

— Que veux-tu qu'il arrive, que papa Coarraze se mette en colère parce que son fils fréquente un groupuscule d'agitateurs virtuels ?

— Non, mais tu sais très bien ce que pensent Inès ou Imed des sociaux-démocrates. Alors introduire le fils de deux candidats successifs à l'élection présidentielle dans notre aventure...

— Il en faut pour faire avancer les choses. Voilà de quoi pimenter notre soirée. C'est sérieux leur affaire ?

— Difficile à dire avec Chloé mais quand elle nous en a parlé, elle avait l'air très séduite. Pas comme d'habitude.

6

Je peux enfin assouvir une envie vieille d'au moins trois ans. Tôt ce matin, je me suis assis sur le sofa, une grande tasse de café dans une main, un roman ouvert à la première page dans l'autre. Envie bizarre ? Envie de bobo m'a dit Berlu l'autre soir. Peut-être mais dans un emploi du temps chargé, les minutes superflues sont rares. Depuis des mois, lorsque je disposais de suffisamment d'énergie pour lire, je me jetais sur un essai d'économie, un article sur les questions sociales ou un arrêt de droit public. J'ai aussi appris quelques fiches par cœur sur les livres à la mode pour l'oral de l'ENA. Rien d'excitant. Alors, commencer ma journée en me disant qu'un livre va me raconter une histoire et me guider dans les secrets de l'imaginaire, quel bonheur.

Mon choix s'est porté sur *Le Désert des déserts* de l'explorateur anglais Wilfred Thesiger. Son récit poétique témoigne de ses six années passées à rôder dans le Rub al-Khâli, le fameux désert du Quart Vide, aux confins de l'Arabie Saoudite.

Étrange sensation que cette idée de désert hostile où seuls les Bédouins s'aventuraient jusqu'à cette fameuse traversée de Thesiger, au sortir de la Deuxième Guerre mondiale. Aujourd'hui, paraît-il, la couverture réseau permet de téléphoner partout. Avec une clef 3G, on surfe sur les dunes. Mais gare aux batteries déchargées et aux grains de sable dans le smartphone !

En dehors d'une pause biscotte confiture, je n'ai pas vu la journée passer.

18 heures : la main de Claire dans la mienne, nous traversons le jardin du Luxembourg. Un abruti hurle sa détresse d'avoir raté son coup droit puis son revers dans une partie de tennis. Il doit au moins jouer sa vie pour beugler de la sorte.

Je raconte à Claire cet endroit magique décrit par Thesiger dans son livre.

— J'aimerai bien regarder le soleil se lever au calme du désert, lui dis-je.

— Comme le Petit Prince de Saint-Exupéry, lorsqu'il va voir son coucher de soleil ?

— Oui, peut-être. Il faudrait aller plus souvent regarder le soleil se lever et se coucher.

— Tu es bucolique depuis que tu ne lis plus la prose administrative ? Tiens, regarde, ils sont là-bas.

Chloé nous fait un petit signe de la main. Le flot de paroles qu'elle déverse habituellement en ferait presque oublier son allure. Avec son nouveau compagnon, ils forment un couple magnifique. Elle nous aborde d'un air grave, inaccoutumé, comme si elle voulait montrer qu'elle prend très au sérieux sa nouvelle relation.

— Bonjour, dit Claire.

— Bonjour.

— Alors, tu ne nous présentes pas ?

— Si, bien sûr, voici Julien.

Nous discutons quelques minutes. Julien est très chaleureux, agréable, drôle. Nous partons tous les quatre en direction de notre Q.G. habituel, chez Imed et Caro.

Claire explique à Julien qu'elle finit ses études de journaliste politique. Manifestement, il a vu défiler chez ses parents tous ceux qui écrivent dans la presse ou passent à la télévision depuis vingt ans, mais n'en tire pas vanité. La chose publique l'intéresse peu :

— J'ai vingt-six ans et je ne suis quasiment jamais allé voter. À peine pour ma mère ou mon père, lorsqu'ils se sont présentés successivement à l'élection présidentielle ! J'en ai trop entendu à la maison quand j'étais jeune. Et puis je ne porte pas vraiment chance.

Chloé jubile :

— Moi non plus je ne suis jamais allée voter. Chez moi, la politique n'intéressait personne, sauf ma mère et ma tante qui commentaient pendant des heures la coloration et la mise en plis des épouses des présidents.

Je me dis que ces deux-là se sont bien trouvés.

— Pierre, me dit Claire, est-ce que tu as présenté notre projet présidentiel à Julien ?

— J'ai cru comprendre que tu n'étais pas vraiment passionné par ces questions, dis-je en me tournant vers lui.

— Un peu quand même... Raconte-moi, me dit Julien.

Je lui expose les grandes lignes de notre aventure, ce qu'on voudrait faire, comment mes élèves ont réagi. Julien me pose régulièrement des questions puis finit par avouer qu'il aimerait y croire mais que la réalité de la politique broiera cette tentative comme tant d'autres.

— Au moins, c'est franc, dit Claire. Pour quelqu'un qui ne vote pas, tu en sais pas mal sur la vie politique et de ses mécanismes.

— J'ai vécu là-dedans, répond-il. J'ai pu mesurer la taille et la lourdeur de la machine. Les attaques subies par mes parents m'ont fait souffrir et je ne parle pas de ce qui s'est passé lorsqu'ils se sont déchirés à leur tour. Quand ils se sont séparés, j'ai décidé que je mènerai une vie parallèle à la leur et à la politique, en évitant autant que possible de croiser cette dernière. Je ne discute jamais avec mes parents de leurs combats politiques respectifs. Pour autant, ne pas voter ne signifie pas être indifférent au futur et au reste du monde.

Chloé intervient :

— Ce n'est pas parce qu'on ne fait pas de la politique qu'on est idiot quand même !

Je dis à Chloé que la politique est un peu comme un salon de coiffure. Tout le monde y garde la tête bien haute et cancane abondamment, sans conséquence.

Julien esquisse un sourire :

— Oui, certains coiffeurs aussi ne font pas très bien leur travail...

Je demande alors à Chloé si elle a bien prévenu Julien qu'il allait rencontrer quelques révolutionnaires de salon et aussi d'étranges apatrides politiques, sortes de moutons à cinq pattes de la métaphysique gauchiste. Elle bredouille quelques mots, comme pour s'excuser par avance si quelques-uns s'avisaient de faire des remarques sur l'ascendance de Julien :

— De toute manière, nous ne venons pas pour la politique, lui et moi, on vous laisse faire.

— Je plaisante, lui dis-je pour la rassurer.

Comme les jours précédents, Imed nous envoie les clefs par la fenêtre. Lorsque nous pénétrons dans l'appartement, Inès martèle avec autorité ce qu'il est convenu d'appeler des éléments de langage à destination de tous les médias qui voudraient bien croiser le chemin de l'un d'entre nous :

— Il faut démultiplier la souveraineté. Il n'y a pas une façon unique d'exprimer la volonté générale. En plus d'être gérontocratique, l'expression électorale actuelle n'est qu'intermittente et partielle. La demande de démocratie est permanente et le peuple tout entier doit être entendu. Grâce à Internet, il est aujourd'hui techniquement possible d'améliorer le système électoral. Toutefois, nous ne voulons pas d'une démocratie presse-bouton car la démocratie n'est pas simplement un régime de la décision. Elle est un régime de la volonté générale, ce qui se construit, se discute, s'élabore et se partage, tout comme le pouvoir et la décision...

— Allez Inès, arrête un peu, se met à chanter Berlu, sans parvenir vraiment à détourner notre attention sur sa guitare. Faisons honneur aux tourtereaux et buvons un verre.

Maxence survient :

— Il faut absolument que je vous lise le mail de mon cousin qui est spécialiste de droit constitutionnel et que notre projet a beaucoup amusé. Voilà, en gros, il dit qu'avant le début de l'élection, nous devrions entamer une procédure de destitution, pour gagner en crédibilité et en couverture médiatique.

— Rien que ça ? Et tu comptes t'y prendre comment pour renverser la Présidente actuelle, toute malade qu'elle est ? dit Berlu, qui ne chante plus.

— Je n'en sais trop rien. Mon cousin suggère de s'appuyer sur la loi constitutionnelle de modernisation des institutions de la Ve République qui prévoit la possibilité d'un référendum populaire.

— Super, mais on fait quoi, nous ? demande Inès.

— Il dit que les décrets d'application ne sont pas encore sortis mais qu'une simulation grandeur nature serait un bel exercice pour faire avancer les choses : il faut réunir les signatures de 4,5 millions de citoyens après avoir été soutenu par un cinquième des parlementaires.

— C'est tout ? dis-je ironiquement.

Seul sur le canapé, Berlu s'interroge sur la question qui pourrait être posée. Après une longue réflexion :

— Je propose de soumettre à référendum cette question : l'urine d'une présidente doit-elle être jaune pour qu'elle soit autorisée à diriger le pays ?

Imed, plus sérieux :

— Une procédure de destitution de la Présidente ne peut être entamée qu'à la suite d'un manquement incompatible avec sa fonction, qui rendrait la poursuite de son mandat impossible. Il faut attendre encore un peu. Il se pourrait que la Présidente démissionne d'elle-même.

Berlu interrompt Imed :

— On savait déjà que La Hire était cinglée. Maintenant que les médecins le confirment, ça ne te suffit pas ?

D'habitude réservé, Maxence propose d'ajouter sur notre portail un lien vers un site dévolu à une action symbolique de destitution de la Présidente :

— Si la pétition recueille beaucoup de signatures, les parlementaires, qui ne sont que des suiveurs d'opinion, pourraient se rallier à cette idée.

— Tu attends encore quelque chose d'eux ? Quand tu cries : « Au voleur », ils détalent en un clin d'œil ! vocifère Ludo, apparemment très remonté.

Imed reprend néanmoins la suggestion de Maxence et promet qu'en deux jours, tout peut fonctionner. Spontanément, Inès propose un vote : « Faut-il mettre en ligne une pétition pour la destitution de la Présidente ? »

— Nous y voilà ! rugit Ludo. Il va falloir voter toutes les trente secondes, même pour savoir si Berlu peut aller aux toilettes.

Le vote est tenu à mains levées. Les voix pour et contre s'équilibrent. Seuls Chloé et Julien ne se sont pas prononcés. Julien explique pourquoi il n'a pas à donner son avis. Les regards se tournent alors vers Chloé.

— Mais ne me regardez pas comme ça ! Je n'en sais rien si je suis pour ou contre votre truc. Moi, je trouve très bien que vous fassiez votre révolution. Mais ne me demandez pas de réfléchir avec vous.

— Te fais pas prier, lui dit Maxence. Ton avis compte autant que celui des autres. On te promet d'essayer de renverser la Présidente sans déranger personne...

— Bon, ben, d'accord, je suis pour, si ça vous fait plaisir.

— Majorité pour. Donc, nous sommes tous d'accord pour lancer la pétition ? claironne Inès, qui a voté pour.

— Pour me convaincre, il faudrait ouvrir une autre bouteille, rigole Berlu, qui a voté contre. Et qui est pour que j'aille aux toilettes ? Ludo ?

Ainsi la pétition voit-elle le jour.

7

— Allô, Claire ? Tu ne me croiras pas. Trois heures à peine après avoir mis en ligne notre pétition, figure-toi que la chaîne Public Sénat nous a contactés. Ils veulent que l'un d'entre nous aille sur leur plateau. Ils font une soirée spéciale sur les réformes institutionnelles du dernier quinquennat. Ils nous invitent pour parler du référendum populaire. Avec Imed et Maxence, on a pensé que tu devrais être notre représentante. À la télé, tu passeras bien, non ? C'est demain, en direct, à 19h.

— ... Hum.

— Claire ? Allô ? Passe-moi Pierre ! Pierre, tu m'as entendu ?

— Oui Inès, à peu près.

— Pourquoi Claire ne répond pas ?

— Il faudra prévoir une longue séquence de maquillage demain, parce que là, elle est transparente, je vois à travers. Quand on n'a plus de couleur, on peut encore parler ?

— Dis à Claire qu'on fera un briefing ensemble dans l'après-midi.

— D'accord, elle te rappelle, dès qu'elle réapparaît.

Je pose le téléphone. En mon for intérieur, je me dis que je préférerais mieux connaître la psychologie féminine. Claire m'interroge si fort du regard qu'il faut que je lui parle avant d'avoir pesé mes mots.

— Chérie, je crois que tu vas devenir une star plus tôt que prévu.

— Tu trouves ça drôle ? Je fais des études de journalisme et c'est moi qu'on interview sur un sujet à moitié fantôme ! J'ai rien à leur dire moi de votre foutu projet.

— Je croyais que tu en faisais partie et que tu le soutenais.

— Oui et non. D'un point de vue journalistique, je trouvais cela intéressant, voilà tout. Tu sais que je ne suis pas militante dans l'âme. Surtout, je suis un peu surprise de voir que ça mord à l'hameçon aussi vite.

— Qu'est-ce que tu veux dire ?

— Laisse tomber. Donc, si je résume, soit je me ridiculise pour les trois prochaines décennies en soutenant un truc loufoque dans une émission sérieuse, soit je mange de la soupe à la grimace pendant des lustres chez tous nos amis.

— Tu exagères, je suis sûr par exemple que Chloé ne t'en voudrait pas.

— De ne pas soutenir le projet d'accord, mais de ne pas passer à la télé, même elle ne me le pardonnerait pas.

— Surtout si tu ne vas pas te faire coiffer chez elle avant d'être à l'antenne. Écoute, je descends à la pâtisserie chercher un bon gâteau au chocolat comme tu les aimes, ça t'aidera à réfléchir.

En descendant les marches quatre à quatre, je me dis que question psychologie féminine, il faudra que je revoie le manuel. J'ai oublié le principe de base : au moins deux compliments avant de dire quelque chose qui risque de déplaire. Muni de mes délices aux chocolats, je retourne vers Claire.

— Et voilà le travail ! Tu prends un thé avec ?

— Je veux bien. Excuse-moi pour tout à l'heure, je me suis emportée. Tu étais le premier à me dire que tu trouvais peu crédible de proposer une élection présidentielle d'un nouveau genre. Je n'avais qu'à, moi aussi, me montrer plus sceptique devant les autres.

— Tu vas y aller ?

— Qu'en penses-tu ?

— Du bien. Il me semble que pour une future journaliste, se frotter aux plateaux télévisés est une belle expérience. Quant au sérieux de nos projets, tu n'as qu'à te présenter comme une journaliste qui cherche les possibilités pour le citoyen lambda de faire vivre la démocratie.

— Je ne serai pas ridicule ?

— Bien sûr que non. Je ne dis pas cela seulement parce que je t'aime et que tu es la plus belle.

— N'en jette plus. Je rappelle Inès pour lui dire que j'irai. T'es content ?

— Plutôt. Tu ne veux jamais que je te filme ou que je te photographie. Au moins, j'aurai ton joli minois en bobine.

8

Les coulisses d'un plateau de télévision sont pleines de courants d'air. Je vais m'enrhumer si je continue à y traîner en attendant que l'émission se termine. En plus, sur cet écran, je ne parviens pas bien à suivre les échanges. Il me faudra regarder l'enregistrement pour me faire une idée de la prestation de Claire mais, tout de même, je la trouve rayonnante. Ni le ministre, ni le député et encore moins le directeur de l'institut de sondage ne peuvent lui faire de l'ombre : ils sont tout gris. À l'image de la classe politique dans son ensemble. Peut-être est-ce la télé qui finit par rendre comme ça les gens.

Les petits points rouges de l'horloge lumineuse parviennent au terme du décompte. Il ne reste que quelques secondes. Fin de l'émission. Il faut que je puisse répondre aux questions de Claire. Elle est bourrée de talent mais manque de confiance. J'imagine tout ce qu'elle va se reprocher. Comme je n'ai pas tout entendu, la partie s'annonce difficile… Claire me rejoint à grandes enjambées. Je ne sais pas si c'est bon signe.

— Quel con ce Ventadour. Tu l'as vu faire ses leçons de démocratie ? Pour qui se prend-il, franchement ?

— Il est ministre…

— C'est une raison pour essayer de me faire passer pour une gamine débile ? Ce ton méprisant…

— Oui, à peu près le même que…

— … et sa réplique quand j'ai parlé des citoyens proches de l'insurrection, de la pauvreté croissante, des politiques déconnectés du réel, de ce qu'ils vivent. N'importe quoi !

— Tu as trouvé les mots justes et tu les as prononcés avec beaucoup de calme. Les téléspectateurs de cette chaîne sont des habitués de la politique : ils t'auront entendue. Je t'ai trouvé très convaincante, à la fois sur la défense d'un nouveau mode d'élection, sur la nécessité de destituer la Présidente si elle ne démissionne pas et aussi sur ce qui te révolte dans les pratiques politiques.

— J'en ai pas fait un peu trop ?

— Tu étais superbe. Je suis très fier de toi. Et je ne suis pas le seul. Quant à Ventadour, laisse-le où il est. À mon avis, il n'est plus pour très longtemps aux affaires. Maintenant, nous allons mesurer l'écho de ton intervention sur la pétition et sur les visites de notre portail. On passe chez Imed et Caro ?

9

— Voilà notre championne ! hurle Berlu du balcon lorsqu'il nous voit traverser la rue.

À peine avons-nous franchi le seuil de la porte qu'Inès, Caroline et Imed se jettent sur Claire pour la féliciter de sa prestation et lui annoncer qu'après Public Sénat, TF1 est également sur les rangs pour une interview au journal de 20h du dimanche soir. Peut-être huit millions de téléspectateurs ! Ludo et Maxence sont également très excités. La cacophonie devient étourdissante.

Je rase les murs jusqu'au canapé en saisissant au vol une bière juste sortie du frigo. Tant pis pour Berlu, j'écoule en douce sa belle mousse.

Les images de la télé défilent, sans le son. Je mets ma chaîne préférée : la mosaïque. Découvrir vingt-quatre émissions en même temps est assez passionnant. On s'attend toujours à ce que le bonhomme en haut à droite, brushing, sourire étincelant, fasse passer son robot mixeur aux joueurs de tennis d'à côté, à moins que la chanteuse d'en dessous le prenne en pleine tête.

Un des petits carrés montre trois hommes sur des chameaux en plein désert, puis ensuite, au beau milieu d'une ville de tours, à l'américaine. En deux coups de télécommande, je mets le son et j'élimine les autres lucarnes. Je ne conserve que ces trois Bédouins sur leurs montures. Sublime. La cité futuriste qu'ils traversent est Abu Dhabi. Ils ont mis quarante jours pour la rejoindre, dit le journaliste. Depuis le Sultanat d'Oman en passant par l'Arabie Saoudite, plus de 1000 kilomètres de dunes à la beauté effrayante...

— Hein ? Quoi ?

— Pierre, tu es d'accord alors ? Super !

— De quoi ? Attends, je baisse le son.

— On ne veut pas qu'un seul visage porte notre projet. Après Claire, te voici donc dans la course aux médias, me dit tranquillement Inès.

J'interroge Claire du regard.

— Moi, j'ai donné et puis on vient de décider ensemble.

— Ensemble ?

— Allez, tes élèves seront contents de te voir à la télé.

— Pourquoi pas toi Imed ? Tu travaillais bien dans la communication, non ?

— Lâche-toi, Pierre. En plus, tu as plusieurs jours pour te préparer.

— À mal dormir…

— Si tu peux assurer la maintenance technique de notre site et de la page relative à la pétition, je veux bien prendre ta place, me dit Imed d'un ton moqueur. Quant à ma tête d'arabe foncé, c'est pas très vendeur.

— Je peux avoir une deuxième bière alors ?

— Pierre retrouve la raison, répète plusieurs fois Berlu.

Claire s'assied à côté de moi, me susurre quelques mots gentils. Elle s'y connaît bien plus en psychologie masculine que moi en psychologie féminine…

10

Avant même ce dimanche, Imed peine à canaliser l'embouteillage du site de la nouvelle élection présidentielle 2.0. Le succès des signatures est incroyable : les 100 000 ont été dépassés trois jours après le lancement de la pétition. Nous sommes encore loin des quatre millions, mais aucun d'entre nous n'aurait osé faire ce pronostic.

Ce soir, Julien et Chloé viennent dîner chez nous. Le père et la mère de Julien ont multiplié les interventions sur la maladie de la Présidente. Depuis longtemps, l'un comme l'autre se verrait bien à sa place, ce qui accroît leur rancœur mutuelle. On évitera d'évoquer tout cela. Julien ne doit pas être très bavard à ce sujet.

Claire rentre ravie de son école. Tous ses amis lui ont parlé de son intervention.

— Ils n'allaient pas me dire que je suis nulle mais les compliments paraissaient sincères. Presque tous ont signé la pétition ; plusieurs vont en parler là où ils écrivent et aussi à la radio. On s'est tout de même lancés dans une drôle d'aventure, Pierre ?

— Je le répète depuis le début.

— Tu en es à l'origine avec ton discours fondateur !

— J'étais épuisé ce soir-là, je voulais qu'on me laisse tranquille et j'ai raconté ce qui me passait par la tête. Rien de plus. Je ne croyais pas que cela déclencherait des passages à la télévision et tout ce tintamarre sur Internet. Au fait, je ne t'ai pas dit... Maxence a appelé tout à l'heure. Le mot pétition est en tête des requêtes des internautes français depuis hier. Les blogueurs réagissent aussi beaucoup à notre site, comme s'ils se retrouvaient dans notre démarche.

Chloé et Julien sonnent. Claire n'a pas encore eu le temps de s'habiller après sa douche. Je me dis que je l'emporterais bien vers notre chambre plutôt que d'aller ouvrir la porte. Peut-être nos deux convives peuvent-ils lire comme un sentiment de frustration sur mon visage lorsque je les accueille.

— On n'arrive pas trop tôt, j'espère ? dit Julien.

— Tout va bien ? m'interroge Chloé, avec insistance.

Le repas se passe à merveille. Julien rattrape habilement les maladresses d'expression de Chloé. Inscrit aux Beaux-Arts, il avoue s'intéresser encore plus à ceux de la table ; un peu aussi tout de même au cinéma. Il a mille histoires à raconter, des idées en pagaille et le sourire plaisant de l'honnête homme. Plus bavard qu'à l'accoutumée, il nous dit avoir parlé à ses parents de notre groupe, et que nous nous connaissions. Depuis, tous les deux m'ont appelé plusieurs fois pour avoir de plus amples informations. Ils me parlent comme si j'étais un chargé de com' de leur cabinet ! Vous avez réussi à agiter le microcosme.

Claire demande alors à Julien :

— Ton père sait donc notre existence ?

— Ça oui ! Il t'a trouvée pleine de talent à la télé.

Je connais bien les traits du visage de Claire pour les contempler longuement lorsqu'elle dort. Là, je les vois s'éclairer d'une manière inhabituelle. Je comprends qu'elle ne puisse rester indifférente aux compliments d'un homme politique respecté. Éternel perdant mais respecté...

11

Quand on n'est pas grand-chose, se lever un dimanche matin en se disant que le soir même on sera sur des millions d'écrans de télés donne le vertige. Surtout quand il s'agit du dernier week-end des vacances et qu'il faudra prendre le RER A de 6h34, le lendemain, pour être à l'heure au lycée…

J'ai envie de sortir du lit, comme s'il fallait me rendre chez le dentiste. J'ai peur. Plus j'y pense, plus le nœud qui me serre la poitrine m'oppresse. Qu'en sera-t-il lorsque l'on m'adressera les premières questions ?

J'interroge Claire allongée à côté de moi :

— Comment font les autres quand ils sont stressés ?

— Ils stressent, chéri. Ils stressent. Rendors-toi, au moins, ça t'évitera de penser.

— Penser ne me dérange pas. Le stress me dérange. On doit bien pouvoir aller sur un plateau de télévision sans être pétrifié, non ?

— Tu n'avais pas l'air aussi inquiet l'autre jour quand je suis allée à ce débat télé.

— Tu as raison. J'étais encore jeune et insouciant.

— Et maintenant ? me demande Claire.

— Maintenant, je vois que je vais aller chercher les croissants, non ?

— Oui, sous la pluie, c'est toi. Je reste au lit en t'attendant.

Je descends par l'escalier en maugréant. Je n'aime pas me lever avant Claire et en plus, le soleil a revêtu son manteau de fainéant aujourd'hui.

— Bonjour monsieur, chantonne la boulangère avec un sourire presque naturel. Vous l'avez vu le coup de parapluie de la Présidente ?

— Pourquoi ? Elle est dans la rue ?

— Mais vous ne regardez pas la télé ? Hier. Elle a rossé son Premier ministre de mari à la commémoration.

— Comment ça ?

— Elle lui a mis plusieurs coups de parapluie derrière la tête. Pas très fort mais quand même. On aurait cru Louis de Funès maté par Alice Sapritch dans *La folie des grandeurs*. Je vous en mets un troisième croissant ?

La journée passe. J'ai prévenu tout le monde que je ne répondrai pas au téléphone. Claire est là. Le reste m'importe peu.

Tétanisé. La sonnerie que j'entends est bien celle du taxi qui passe me prendre pour aller jusqu'aux studios de télévision. Claire ne parle pas. À la vue de la tour de verre, je sens mon cœur battre ; je me concentre pour cesser de labourer la main de Claire qu'il m'est impossible de lâcher. Le chauffeur nous laisse quelque part dans les parkings des sous-sols. Nous prenons l'ascenseur.

— Tu es certaine pour la cravate ?

— Je t'ai dit vingt fois que tu serais mal à l'aise avec. N'oublie pas que tu lances la révolution ce soir, alors les codes vestimentaires…

Cheveux trop blonds colorés, embijoutées des mains à la tête et bronzages flétris façon vieilles Niçoises, les réceptionnistes du rez-de-chaussée nous accueillent, avec d'interminables sourires réflexes :

— Sacha Emona descend elle-même vous chercher. Vous pouvez patienter dans les salons, à votre gauche, derrière la rangée de plantes.

Le seul nom de la journaliste me fait frissonner. Je me prépare. C'est la papesse du JT de 20h.

12

Une hôtesse nous propose un rafraîchissement. Claire, occupée au téléphone, ne voit même pas arriver Michel. Visiblement furieux :

— Ah les cons ! me dit-il. Ils m'ont encore pris pour Ben Laden à l'entrée. Résultat, je poireaute depuis vingt minutes entouré par deux types en costard et lunettes de soleil en pleine nuit.

Michel est rentré du Maroc en cours de semaine. Il vit là-bas une bonne partie de l'année parce qu'au bled, avec quelques euros, il trouve toujours des jeunes femmes pour l'aider. Cynisme ?

Non. Lorsqu'il a perdu son épouse, Michel savait faire trois choses : être gentil avec l'amour de sa vie, diriger brillamment son entreprise et passer des journées sur ses ordinateurs en quête des dernières avancées informatiques. À quoi s'ajoutait, en bonus, un goût gargantuesque pour les plaisirs de la table et un rire énorme d'Aveyronnais. Désormais, il vit une bonne partie de l'année au Maroc des rentes de la cession de son entreprise. Imed avait fait sa rencontre en travaillant pour sa société.

Lorsque Michel a perdu sa femme, il a vécu quelque temps sur le canapé d'Imed et Caro. C'est ainsi que nous avons fait connaissance. Michel s'est fait lui-même sans avoir pu suivre d'études. Il a toujours mille idées en tête, deux ou trois expériences à mener. Aujourd'hui, c'est le bon génie de notre groupe.

Le Larzac militant des années 1970 a été son premier terrain de lutte. À dix-sept ans, contre l'État qui voulait convertir quelques terres pelées en camp militaire, il était de ceux qui pensaient qu'il ne fallait pas utiliser la violence pour réagir aux provocations orchestrées depuis la capitale. Après d'infinis débats, ce pari s'est avéré gagnant. De cette expérience, il a tiré un grand art de gérer les personnes et les situations. Son arrivée me réconforte, quelques minutes avant ma prestation.

Sacha Emona, beaucoup plus petite que je ne croyais, arrive pour préparer l'interview. Deux poursuivants, munis d'ordinateurs, stylos, carnets et lunettes carrées lui emboîtent le pas. Claire, Michel et moi nous asseyons à une même table, en face d'eux. On croirait qu'ils sont venus négocier avec nous je ne sais quel accord stratégique.

— Je vous donne le fil rouge de mes questions, dit la journaliste. Vous m'indiquez à peu près ce que vous allez répondre et s'il y a d'autres thèmes que vous voudriez aborder. Puis-je vous demander qui sont les deux personnes qui vous accompagnent ?

— Claire Letellier. Elle termine sa dernière année au Centre de Formation des Journalistes, à Paris.

— J'ai d'anciens et bons souvenirs du CFJ. Vous étiez l'autre soir sur Public Sénat, c'est ça ?

— Oui, répond Claire, tandis que Sacha Emona ne quitte pas des yeux Michel, avec un air agacé.

— Michel, conseiller de notre groupe. Nous pensons qu'il faut des jeunes et des moins jeunes pour réfléchir ensemble.

Sacha Emona ne semble pas apprécier la présence de Michel. Ses deux collaborateurs nous exposent la suite des questions sans vraiment écouter mes réponses tandis qu'elle nous quitte pour rejoindre son bureau.

À la fin de l'entretien, le plus jeune des deux costumés me donne rendez-vous trente minutes plus tard. Il me prévient :

— Vous serez sur le plateau dès le générique. Vous apparaîtrez à l'écran. Sacha vous présentera. Ne répondez rien. Elle débute son journal. Après douze minutes, elle se tourne vers vous et l'interview commence. Auparavant, bien sûr, il y a le maquillage. On viendra vous chercher.

Quant à monsieur… Michel. C'est cela ? M. Michel ne pourra pas avoir accès à la régie. Pour les directs, tout est sécurisé.

13

Habituellement, deux ou trois élèves de la classe de seconde 4 sont rangés lorsque je me présente dans la cour, là où ils devraient tous se trouver. Aujourd'hui, une nuée s'agglutine en face de moi. Chacun veut me parler de l'interview de la veille.

Le proviseur surgit de son bureau, agacé par l'attroupement. À l'Éducation nationale, on ne plaisante pas avec les groupes improvisés de jeunes. Ici comme ailleurs, pour la plupart des adultes, trois adolescents ensemble constituent déjà une bande. Après moult gesticulations, les élèves rejoignent plus ou moins leurs rangs. Le proviseur s'en prend au surveillant qu'il accuse de manquer d'autorité et à la professeure de sport, dont le seul tort est de travailler dans la cour.

Mes élèves sont plutôt calmes dans les couloirs. Je lis dans leurs regards une certaine impatience à m'interroger.

— Monsieur, vous avez été trop fort hier soir à la télé, me dit Anissa qui ne peut plus contenir son moulin à paroles.

— Et pourquoi vous n'aviez pas le costard comme les autres ?

— Sacha Emona, elle est bonne en vrai ? demande alors Brian dans son roucoulement narquois habituel.

— Écoutez-moi bien. Je fais l'appel et après, j'accepte de discuter. Mais chacun son tour. On lève la main avant de poser une question et gardez en tête que ce qui doit nous intéresser ici, c'est le fond, pas la forme, même s'il faut parfois y prêter attention. Brian, je ne te dirai rien sur le physique de Mme Emona.

— Trop nul, M'sieur !

— Pas d'absent ? Alors dites-moi ce que vous avez vu et pensé de l'interview. Maxime ?

— Ben monsieur, la patrie est en danger. La Présidente, elle est folle, elle met même des coups de parapluie à son vieux et la démocratie ne marche pas à cause de tout ça. Alors vous voulez renverser le pouvoir avec une pétition et après vous demanderez aux internautes de vous élire à la place de Pissebleu, c'est ça ?

— Oui Maxime, à peu près, sauf la fin. Je ne demande à personne de m'élire et d'ailleurs je ne suis pas candidat.

— Ah bon ? Pourquoi, vous faites ça alors ?

— Pour que les choses changent, pas spécialement pour moi.

— En tout cas, M'sieur, la journaliste elle vous kiffe, non ?

— Tu veux parler d'estime ou de respect, Nora. Difficile à dire. Elle fait son métier sans qu'on sache ce qu'elle pense. Elle ne pouvait ignorer, et les responsables de la chaîne avec, que ce coup de projecteur sur notre démarche était la meilleure des publicités. Désormais, la pétition tourne à plein régime et les participants à l'élection virtuelle s'annoncent nombreux.

— Elle a quoi comme vertu votre élection ? me demande Jérémy.

— Je n'ai pas parlé de vertu mais de virtuel. J'utilise ce terme, virtuel, pour préciser que cette élection se fait par Internet. Le virtuel n'est pas concret mais peut potentiellement le devenir, comme l'arbre est virtuellement dans la graine.

— Et qu'est-ce qui va se passer si vous avez encore plein de signatures ?

— À vrai dire je ne sais pas…

— Vous passez à la télé mais vous ne savez pas comment ça va finir ?

— Dites-moi, vous tous, si vous ne faites que des choses dont vous connaissez les résultats par avance, vous allez sacrément vous ennuyer.

— Oui, mais la politique, c'est sérieux quand même, alors vos petites graines et vos arbres…

— Bien sûr, mais en politique, l'anticipation est difficile, voire impossible. Nous tentons d'inverser une tendance régressive. Rien ne dit que nous y parviendrons.

— Moi Monsieur, je ne vois pas ce que ça peut changer vos flash'votes.

— Vos quoi ?

— Flash'votes. L'an dernier, on a procédé à un vote Internet pour désigner les représentants des jeunes au Parlement citoyen du département. Le vote par Internet, très bien, on s'est marré. Mais ensuite, rien ne s'est passé. Alors, je dis que votre truc ne sert à rien, juste à vous faire de la pub.

14

Dans le RER du retour, je me dis que j'ai passé une étrange journée, entre lumière et ombre, au lendemain de ce JT regardé par près de sept millions de téléspectateurs.

Mes élèves. Oui, je crois bien que ce sont mes élèves qui m'étonnent le plus. Jamais je ne les aurai pensés si intéressés par la chose publique, par la politique. Les insolents, les casseurs, les voyous et autres sauvageons des classes surchargées de mon lycée banlieusard ont mille questions et aussi mille idées, quelques-unes pas très bonnes, mais quel dynamisme ! En politique, ils ne sont nulle part. La société qu'on façonne est leur avenir mais sans qu'ils n'aient jamais leur mot à dire. Le cynisme du système éteint leur flamme d'un souffle.

— Arrêtez, vous me faites mal avec votre parapluie !

— Ta gueule jeune con. T'as ce que tu mérites. C'est bien toi qui disais toutes ces bêtises hier soir dans ma télé ? Prends ça, et puis ça.

Merci du compliment. Je bondis du wagon. Voilà qu'un type de peut-être quatre-vingts ans a retrouvé toute sa vigueur pour me cogner dessus ! L'esquive ou la riposte ? Je suis plutôt esquive… Franchement, que me veut-il ?

Attendre le prochain RER ou bien marcher un kilomètre, la deuxième solution s'impose. Cela ne me fera pas de mal. De toute façon, Claire rentre plus tard.

Mon casque vissé sur les oreilles, j'écoute les informations de 18h.

— … Inès Préceau, d'abord pourquoi ce nom de groupe « Reinette » ?

— Je ne sais pas trop d'où vous le tirez mais si j'en crois le quotidien *Le Monde*, il s'agit d'un mot-valise pour désigner la Révolution par le Net, un peu comme l'était la foultitude chère à Victor Hugo, lorsqu'il croisait foule et multitude.

— Vous n'avez donc pas choisi votre nom ?

— Ben, non. Enfin, un peu…

— Quels sont les objectifs de la Reinette ?

— C'est assez simple. Les citoyens et les jeunes en particulier se sentent exclus de l'espace démocratique. Les solutions du XXe siècle sont en grande partie devenues les problèmes d'aujourd'hui. Puisant incessamment dans les vieilles recettes qui ne marchent plus, le personnel politique se montre incapable d'inventer l'avenir. Nous voulons provoquer des changements fondamentaux que les nouvelles technologies peuvent servir. Si les avancées numériques ne peuvent favoriser un projet humain ambitieux alors, elles ne valent rien.

— Vous promettez le grand soir mais combien êtes-vous dans votre groupuscule ?

— Il n'y a pas de groupuscule, juste des gens qui veulent voir autre chose. Et si j'en crois les derniers chiffres de notre pétition, cela fait déjà plus d'un million. À ce stade, je ne suis pas certaine qu'on parle encore de groupuscule.

— Merci beaucoup pour ces précisions Inès Préceau.

— Je voudrais juste ajouter que l'abstention grandissante à chaque scrutin électoral montre combien la défiance règne vis-à-vis des élus : ces derniers ont perdu toute communication avec la population. Notre action cherche avant tout à reconquérir les citoyens dans leur goût pour la politique. Le grand soir attendra encore un peu…

Devant le kiosque, je cherche du regard un exemplaire du *Monde* qui viendrait confirmer que je n'ai pas rêvé, qu'il s'agissait bien d'Inès à la radio. Effectivement, l'édito du *Monde* titre :

« La Reinette veut-elle la peau de la Présidente ? »

Deux plateaux télévisés, des interviews sur les radios nationales, la première page du *Monde*… le succès médiatique de notre entreprise est prodigieux. J'achète le journal avec un sentiment d'inquiétude grandissant. Les tenants du système que l'on aimerait voir s'effondrer ne peuvent assister à leur chute sans rien faire. Avec la forte exposition médiatique, les ennuis devraient commencer sans tarder. D'ailleurs, les coups de parapluie...

J'arrive chez moi. Un grand gaillard me barre la route.

— Maxence ? Sous ton pépin, je ne t'avais pas reconnu. Je me méfie des parapluies désormais. Entre.

— Écoute, la situation est grave. En comptant les députés et sénateurs de l'étranger qui se rallieraient à la pétition, nous disposerions, à deux ou trois parlementaires près, du nombre symbolique inscrit dans la loi pour obliger le gouvernement à soumettre aux Français le référendum.

— Ah ?

— Tu comprends ce que ça veut dire ? Il y a du beau monde derrière nous.

— Ah.

— Arrête de dire Ah. Je te dis qu'on va peut-être foutre en l'air la Présidente et sa clique. Jusque-là, on est d'accord qu'il s'agit d'une bonne chose. Mais après ? Qui fait quoi ? Tu as l'âme du chef toi ?

— Je te rappelle que la loi dont tu parles n'a pas de décret d'application. Même si on réunit les signatures et un nombre suffisant de parlementaires, notre action reste symbolique. Elle peut provoquer des réactions, mais c'est tout. Tu as entendu Inès à la radio ?

— Oui. Elle a trois autres interventions programmées en radio. Imed doit aussi parler sur France Culture. Ludo est le prochain à investir un plateau télévisé. Les demandes d'interviews et d'articles pleuvent. Je te dis que le feu a pris. Maintenant, il faut réfléchir à la suite. Tout allait bien tant que nous jouions notre petite pièce façon artistes de gauche perdus, rêvant d'un monde idéal devant un public venu à coup de places gratuites. Pierre, nous voilà dans l'arène. Avec les lions. On remporte la victoire ou bien d'autres nous étriperons.

— Entièrement d'accord, Maxence.

— Entièrement d'accord ! Bon Dieu, tu n'as rien à proposer ? Quel est le plan ?

— Tu veux boire un verre ? Le plan passera mieux...

— Tu veux dire que tu n'as pas la moindre idée de ce qu'on va faire maintenant que ça s'emballe ? Merde.

— Un juron et ensuite un gros mot. Maxence, reprends-toi. Nous pouvons toujours continuer ce que nous avions prévu au départ : une élection par Internet. Ce qui en ressortira en ressortira. Sinon, pour répondre à ta question de tout à l'heure, je ne me sens pas diriger la vie des autres. Participer à un mouvement collectif d'auto-administration, d'accord. Jouer au nouvel autocrate, certainement pas ! Et le risque est grand quand on s'approche du pouvoir.

— Tu as raison Pierre. Buvons un coup.

Claire s'annonce en poussant la porte d'entrée :

— Salut les gars ! Vous avez passé une bonne journée ? Ce soir, notre bleue Présidente s'exprime sur TF1. On ne sait pas si elle va annoncer sa démission. Suspense.

15

— Mes chers compatriotes, le lien qui m'unit à vous depuis que vous m'avez élu m'oblige à parler vrai. Comme vous le savez, la maladie m'a touché. Pour autant, elle ne m'a pas vaincu…

L'allocution télévisée de la Présidente cherche à atteindre la corde sensible de chacun. Son éloge de la médecine française, « profondément humaine et probablement la meilleure au monde », est touchante. Attendrir le public pour asséner ensuite les coups, c'est classique mais c'est bien vu. La Présidente explique qu'elle pourra continuer à assumer sa tâche, en adoptant un rythme de travail moins soutenu, faisant totalement confiance en l'équipe qui l'entoure et travaille sans relâche pour l'avenir de notre pays. Sa conclusion est limpide : « pas de place pour la polémique politicienne. Nous devons être solidaires face à la situation difficile que traverse le pays. Pour terminer mon propos que j'ai voulu court mais clair, j'ajoute que je solliciterai mon mari pour assurer certaines missions qu'il semble le mieux à même de mener dans l'intérêt général ».

Je ne sais pas qui de Claire ou d'Inès paraît la plus en colère. Que la Présidente refuse de démissionner, on s'en doutait. Qu'elle s'en remette à son équipe semble logique mais qu'elle décide d'octroyer à son mari une partie de ses prérogatives est proprement scandaleux. Dans pareilles circonstances, un homme, Président de la République, aurait-il abandonné son pouvoir pour sa femme ? Tandis que Claire, Caroline et Inès fulminent en expliquant à Chloé pourquoi elles sont révoltées, le ministre de l'Éducation Gérard Allegro apparaît à l'écran.

— Manquait plus que lui ! s'exclame Berlu. Peut-être va-t-il au moins nous dire pourquoi la Présidente mettait des coups de parapluie au Premier ministre l'autre jour.

Allegro est probablement le ministre le plus controversé du gouvernement. Issu de la droite catholique dure, ses positions réactionnaires ont séduit un temps. À peine nommé, il a déclaré que la théorie de l'évolution n'était qu'une simple hypothèse parmi tant d'autres. « Les programmes scolaires doivent être revus à la mesure des théories créationnistes qui apportent des réponses là où les scientifiques n'en ont pas », a-t-il martelé dans une réponse du Gouvernement à l'Assemblée nationale, laissant une bonne partie des élus médusés, y compris dans son propre camp. Quelques jours plus tard, ce grand défenseur d'une « éducation traditionaliste pure » a fait volte-face quand les révélations sur son homosexualité se sont ébruitées.

Ce n'est pas son goût des hommes qui dérange. Tout le monde s'en fout. Mais, la vidéo circulant sur le net le montrant nu, probablement dans l'un de ces crasseux bureaux de la rue de Grenelle, en plein coït, a fait son effet. Le mini scandale a déclenché à son égard la risée des médias. Allegro, sans panache et sans démission, traîne depuis son fardeau en étant celui du gouvernement.

— S'il n'y a plus que lui pour monter au front, c'est que la Présidente est cuite, dit Berlu en coupant le son.

— Combien de signatures ? demande Inès à Imed.

— Je crois que nous avons atteint le quorum. Plus de quatre millions. Merci Michel ! Sans toi l'autre jour, notre serveur rendait l'âme et tout serait parti en fumée.

— Et bien maintenant, il faut se tourner vers les parlementaires pour qu'ils portent symboliquement notre question lors d'un référendum d'initiative populaire, ajoute Inès. Maxence, d'autres informations ?

— Oui. Il nous faut trouver la formulation précise de la question posée lors du référendum : elle doit porter sur l'organisation des pouvoirs publics. Notre pétition demande la démission de la Présidente compte tenu de son état mental. Il nous faut l'adapter au cadre constitutionnel. Par exemple : un seul individu, faillible par nature, peut-il exercer l'ensemble des pouvoirs dont dispose actuellement la Présidente de la République ?

— Tu veux remettre en cause le régime présidentiel ? Toi ? demande Ludo à Maxence.

— Il me semble que cela va dans le sens de notre démarche, non ?

— On va la faire cette révolution si les mous du centre deviennent des gros durs, se marre Berlu.

L'humeur est plutôt à la rigolade chez Imed et Caro. Comme le soir des discours présidentiels, nous sommes tous réunis, Michel en plus. Et ça change tout.

Michel est notre aîné de plus de vingt ans. Sa capacité à sentir les choses, à anticiper les réactions des gens m'a toujours impressionné. Michel était au Maroc dans sa nouvelle famille lorsque notre aventure d'élection par Internet a vu le jour. Il peut donc voir les choses du dehors, de façon lucide. Dès qu'il a semblé vouloir prendre la parole, tout le monde s'est tu.

— Mes enfants (il ne met ici aucune condescendance), je ne veux pas jouer l'oiseau de mauvais augure. Je vais quand même vous dire mes inquiétudes. Comme vous le savez, l'autre soir, j'ai accompagné Pierre jusqu'aux plateaux télévisés de TF1. Enfin presque, puisque l'étage des studios m'a été interdit. Pendant l'émission, je me suis donc promené, en coulisse pourrait-on dire. Rien de plus intéressant que mon passage à la machine à café.

L'attachée de presse du président du Conseil général des Alpes-Maritimes discutait avec une journaliste. Je ne sais pas exactement ce qu'elle faisait là. Elle expliquait que la Reinette, ce petit groupe de malotrus, il fallait le laisser gonfler, gonfler, gonfler comme un bœuf, avant de lui planter une banderille pour le faire exploser. Ce que j'ai entendu a confirmé mon sentiment. Si les médias ont relayé avec tant d'enthousiasme la pétition et le projet d'une élection d'un nouveau genre, c'est que les sphères de pouvoir le veulent bien et s'entendent sur cette question.

— Michel, tu vois la manipulation partout, lui dit Imed. Il existe une aspiration générale à sortir du cercle politique infernal où nous sommes. Nous ne sommes qu'un déclencheur, simplement parce que nous arrivons au bon moment pour utiliser les nouveaux médias.

L'atmosphère se fait soudain plus tendue. Quelle que soit la situation, la vérité est souvent difficile à entendre.

— Il ne s'agit pas de casser l'ambiance, poursuit Michel. J'essaie juste de mettre de l'ordre dans ce qui arrive. C'est un peu trop facile, toutes ces invitations à la télé, à la radio. Je suis désolé de voir le monde avec plus de cynisme que vous mais je ne crois pas au hasard, du moins pas à celui-là.

— Alors qui conspire pour notre bien ? demande Inès d'une voix nette.

— Bonne question, répond Michel. Je voudrais juste que nous en soyons tous conscients ici : certains nous observent de près, beaucoup plus que vous ne le pensez. Pour l'instant, ils nous aident, mais cela ne durera pas. Il faut être vigilant. Nous pouvons à tout moment être étouffés... On ne sait pas quand ni comment et surtout ce sur quoi cela débouchera. Avez-vous réfléchi aux parlementaires prêts à mettre leur nom et leur signature au bas d'un texte qui les met en porte-à-faux vis-à-vis de la Présidente ou de celui qu'ils soutiennent pour la remplacer ? Croyez-vous vraiment qu'ils le font parce qu'ils trouvent sympathique notre petit groupe ?

— Tu casses l'ambiance, dit Berlu.

Plutôt d'accord avec Michel, je lui demande s'il a d'autres cartes dans ses manches :

— Hélas non, Pierre.

— Comment ça ?

— J'ai des craintes, continue Michel. Je pense qu'elles sont fondées. Je n'ai pas la moindre idée d'où viendront les coups. Mais il y en aura. Je ne vois pas comment tenir à l'abri notre projet.

Imed, passablement agacé, s'exclame :

— Le discours, le vote, la pétition, personne n'y croyait vraiment. On a travaillé d'arrache-pied nuit et jour pour un résultat au-delà de nos espérances. Maintenant qu'on touche au but, toi qui n'étais même pas là quand on s'est lancé dans cette aventure, tu joues les Cassandre.

— N'oublie pas que les prédictions de Cassandre, aussi terribles soient-elles, se réalisent toujours... Je ne voulais pas semer le trouble, ni freiner les ardeurs mais avertir, ajoute Michel. Les amis, souvenez-vous de la balance des pouvoirs chère à John Locke. Quand on essaie de peser d'un côté, il faut se méfier des retours de plateaux de l'autre côté.

La soirée se termine en diatribes plus ou moins philosophiques sur le contrat social en France et quelques paroles en l'air.

La pétition a atteint le seuil de 4,5 millions de signataires. Les parlementaires sont nombreux à s'être rangés derrière l'appel à la démission de la Présidente. D'ailleurs, les interventions télévisées de ses chiens de garde n'ont pas la moindre efficacité.

Pourtant, ce soir-là, les regards interrogateurs se croisent au moment de se dire au-revoir. Un goût amer, l'impression que la partie à peine commencée nous échappe déjà...

16

— Claire. Claire ! L'ordinateur est encore détraqué.

— Tu es certain ? Hier soir, tout fonctionnait.

— Je n'arrive pas à me connecter. Rien ne m'agace davantage.

— Calme-toi. On déjeune et je regarde. Tu as essayé de tout débrancher ?

— Oui. Maintenant, je crois que je vais le jeter par la fenêtre ! J'ai une terrible pulsion de meurtre technologique.

Outre le fait d'avoir dû payer cher ce truc qui ne marche pas, ce qui m'énerve le plus est de m'apercevoir à quel point j'ai besoin de cette saleté de machine dès le matin, pour tout comme pour rien.

— Voilà du café, des petites tartines avec la confiture de belle maman. Zen, mon amour... Tiens, pour te détendre, écoute ce qui est arrivé à Chloé.

Avant-hier, elle est allée à l'enterrement de son ancien patron, tu sais, celui du salon de coiffure où elle était apprentie. Mort subitement. Julien lui avait proposé de l'accompagner. C'était à Saint-Eustache. Il n'y avait pas grand monde mais comme ils étaient un peu en retard, ils se mettent au deuxième rang, près de la famille, là où il reste des places. Pendant la cérémonie, Chloé se retourne plusieurs fois pour essayer de localiser ses copines qui devaient aussi venir. Impossible. Elle prévoyait de leur présenter Julien et comme elle les avait eues au téléphone juste avant, elle était surprise de ne pas les voir. Pas moyen non plus de repérer la femme du défunt. Tu te souviens, celle qui était à la caisse, les cheveux un peu rouge, façon roumaine des années 1980. Pas grave, sauf qu'à la fin, difficile d'éviter de s'arrêter devant le cercueil. Toute la famille éplorée regarde les gens se succéder. Julien, juste devant Chloé, se présente pour faire un geste, pas vraiment à l'aise. Il regarde au milieu de la couronne déposée sur le cercueil. Stupéfait, il lit :

« À ma mémère, forever. »

Julien se retourne alors vers Chloé, mettant sa tête dans son épaule pour masquer son début de fou rire.

— C'est quoi cette connerie ? je demande à Claire en l'interrompant. Il était un peu efféminé ce coiffeur mais quand même, sa femme ne peut pas avoir mis ça.

— Attends. Chloé ne s'est pas démontée, elle s'est signée devant le cercueil, a fait un mouvement en direction de la famille et après, elle est même allée mettre un mot sur le cahier des condoléances du style : « Tes demi-queue, va-et-vient de brosse et saturations de bigoudis nous manqueront à toutes. » Sur les marches de la sortie, Chloé scrute pour voir un peu si ses copines sont là. Rien. Mais elle a plein de messages. Le premier est de Jasmine qui lui demande ce qu'elle fout et pourquoi elle n'est pas à l'église...

Chloé s'est juste trompée d'enterrement ! Il avait lieu à Saint-Germain. Apparemment, Julien était pantois. Tu vois, y'a pas que les ordinateurs qui déconnent !

— Claire, ton téléphone sonne je crois.

— Le tien aussi, non ?

17

Je me souviens qu'à l'époque du Printemps arabe, Hillary Clinton avait déclaré : « Le web est un formidable moyen d'exportation de la démocratie. » Je me rappelle également avoir lu un article de presse qui se demandait si Internet était au service des peuples. Le journaliste concluait sur une gouvernance du web déjà très centralisée, pas vraiment un moyen d'expression destiné à libérer le citoyen.

Quand Imed a appelé Claire tandis que Michel me téléphonait pour me dire la même chose, l'espace démocratique d'Internet, dans lequel je croyais encore un peu, s'est considérablement amoindri.

Une panne fallacieuse comme prétexte, le principal consortium de télécommunications françaises ayant la mainmise sur le réseau a tout simplement stoppé le haut débit Internet sur tout le territoire. Michel m'explique comment une équipe travaillant pour le gouvernement depuis des mois a réussi à mettre au point une sorte de bouton rouge pour arrêter le fonctionnement en réseau des ordinateurs. D'abord un blocage de l'accès aux sites connaissant le plus gros trafic, puis, par effet boule de neige et saturation, plus rien. Sauf peut-être pour les quelques chanceux utilisant habituellement le bas débit ou des liaisons satellites particulières.

— Lorsqu'il sera décidé en haut lieu de relancer le haut débit, certains nœuds informatiques, indispensables au développement des réseaux sociaux, auront probablement disparu, me précise Michel. Il y a fort à parier que notre pétition se sera volatilisée et notre portail Internet avec. Le coup porté est puissant. Je ne sais s'il est tourné contre nous mais il pourrait être décisif, dit Imed à Claire.

— Le cyber-état d'urgence, il fallait y penser !

Se sentant menacé, l'entourage de la Présidente n'aura eu qu'à presser un petit bouton pour tout éteindre, ou presque. Seuls certaines communications téléphoniques restent possibles. À la télévision, les séries habituelles sont là mais les journaux télévisés ont été remplacés par des films ou des magazines sur les animaux. Incroyable.

Internet ne fonctionne pas sur mon ordi, je comprends. Mais pour les journaux télévisés, je me demande ce qui bloque. Selon Claire, toute l'information qui sert les journalistes passe par le net. Pas de réseau, pas d'information, pas de journal télé. C'est aussi simple que ça.

— Pour savoir un peu ce qui se passe, il faut aller regarder nous-mêmes, me propose Claire...

Apparemment, nous ne sommes pas les seuls à avoir cette idée. Une foule considérable est massée sur les trottoirs et aussi au milieu des rues, les petites, et les boulevards. Place d'Italie, un rassemblement spontané se tient. Chacun scrute. La parole se libère progressivement. Des groupes de discussion se forment çà et là. Mais pour dire quoi ? Pour s'interroger. Quelqu'un peut-il nous parler de ce qui se passe ? Maintenant, même les conversations téléphoniques et les sms sont saturés. Plus rien. Il y a un peu de colère dans les rangs mais pas trop :

— Moi, ça ne marche plus.

— Ils vont me rendre fou !

— On nous prend pour du bétail !

— Il est beau ton smartphone en carton.

— Allons vers les ministères !

— ... à 17 heures ? Il n'y aura personne...

Trois heures plus tard, la foule s'amenuise. Les gens rentrent chez eux, persuadés qu'ils n'apprendront rien de plus que ce que la télévision voudra bien leur servir. Un calme étrange s'établit dans les rues.

À peine allongée sur le lit, Claire s'endort, les traits du visage détendus.

18

Je n'ai pas bien dormi, ce qui est très rare.

J'ai eu beaucoup de mal à faire abstraction de cette situation insolite, formulant mille hypothèses. Je me suis souvenu d'un livre, posé un peu trop à la hâte dans un placard, sur la compatibilité entre Internet et la démocratie : *Le consentement des connectés.* Je n'ai pas résisté au besoin de le feuilleter du fond de mon lit. Il évoque la souveraineté du cyberespace. On peut y lire : « Un gouvernement, assisté par une grande entreprise technologique occidentale, n'éprouverait guère de difficultés à utiliser l'outil Internet pour la censure et la surveillance. »

Ce matin, musique à la radio, pas plus d'information sur les chaînes télévisées et Internet toujours bloqué. J'ai les idées un peu plus claires mais je ne parviens pas à comprendre pourquoi le gouvernement s'est lancé si brutalement dans une coupure des principaux moyens d'information. *A priori*, il est équipé pour entreprendre une censure plus raffinée, moins visible. Là, pas besoin d'avoir fait l'ENA pour saisir que l'entourage de la Présidente a monté son coup pour freiner les velléités des potentiels successeurs de la maboule de l'Élysée. Je ne sais pas si les autres adversaires sont touchés mais pour nous, notre pétition et par suite l'élection 2.0 que nous avions prévue bat de l'aile.

Le mercredi, je ne travaille pas. Dernier privilège des professeurs que d'avoir du temps libre. Claire doit assister à une conférence sur les réseaux sociaux et le marketing viral web organisée par Google, le géant américain de l'Internet, en partenariat avec HEC, le fleuron français des écoles de commerce. Elle me propose de l'accompagner.

Quand il est trop question de management et de business, les poils se dressent sur mes bras et je me mets à tousser spasmodiquement… Toutefois la perspective de passer la matinée avec Claire m'enchante.

À peine dans la rue, une étrange sensation nous envahit. Claire n'a pas besoin de me parler, son regard me suffit. Je sens comme elle que tout est perturbé. Je passe à la boulangerie prendre trois chocolatines. Une pour Claire, deux pour moi, comme d'habitude. La vendeuse me dit gentiment :

— Désolé, aujourd'hui, on ne vend rien.

Je ressors de la boutique très perplexe et surtout contrarié par les cris persistants de mon estomac.

— Les métros ne circulent pas, me dit Claire. On s'y rend à pied ? Il faut trente minutes pour rejoindre l'Amphi de la porte de Champerret, poursuit-elle.

— Va pour la marche. Du moment que je suis avec toi. Sur le chemin, trois petites chocolatines nous feront bien l'amabilité de se joindre à nous.

Les kiosques à journaux ont également le ventre vide. Les voitures brillent par leur absence. La journée promet d'être riche en surprises.

— Non Monsieur, je ne prends pas de voyageurs.

— Ah bon ? Vous attendez quoi alors avec votre bus ?

— Moi Monsieur, ça fait vingt-quatre ans que je fais la ligne 3 ou la 7. Aujourd'hui comme tous les matins, j'attends les instructions. La boîte horaire ne marche pas et personne ne répond au centre de contrôle. Alors j'attends.

— Vous allez attendre longtemps comme ça ?

— Le temps qu'il faudra monsieur.

— Restez pas là à mourir de faim si personne ne vous dit de bouger. Bonne journée quand même...

Claire échafaude une intéressante hypothèse. L'organisation quotidienne de la vie parisienne est totalement bouleversée, probablement plus que ce que n'avaient prévu les responsables de cette coupure. Les différentes chaînes d'achat et de distribution sont rompues. Le boulanger n'a pas de farine. Le chauffeur de bus ne sait pas quand il doit démarrer et ainsi de suite. Les aéroports de Paris ne peuvent avoir pris le risque d'un crash. Les avions restent au sol... L'ensemble de la machine est grippé, un peu comme s'il y avait une grève, une grève sans revendication, une drôle de grève, qui pourrait se mettre hors de tout contrôle.

Je suis tout de même stupéfait qu'il ait fallu moins de vingt-quatre heures pour en arriver là. Les choses s'arrangent un peu puisque je trouve des pains au lait chez un boulanger.

— Des sacs de farine et du beurre, j'en ai pour des mois en dessous dans la réserve mais le chocolat, je devais être livré hier... Alors pour les chocolatines, il faudra attendre que la clique de la petite Pissebleu se remette au travail ! râle le boulanger à chaque nouveau client.

Dire que je croyais que tous les artisans de notre pays avaient voté pour cette funeste Présidente...

Quand nous arrivons avenue de la porte de Champerret, les camarades de Claire patientent calmement devant les grilles de la Chambre de Commerce et d'Industrie. Inutilement, car le système de sécurité d'ouverture du bâtiment est commandé par Internet. Fermé. Pas de conférence.

— Une multitude d'objets fonctionnent grâce au réseau. Super le tout connecté et la réalité augmentée... quand ça marche, remarque un ami de Claire. À l'avenir, il faudrait peut-être réfléchir à ce qu'on laisse sous contrôle des machines et ce qu'on veut préserver comme des prérogatives humaines.

L'occasion est bonne d'échanger avec les autres pour savoir ce qui se passe, pour discuter de la place des nouvelles technologies dans notre quotidien. De façon positive ou négative, on en est réduit à subir les événements.

Sur la situation du jour, rien de concret. Personne ne sait vraiment ce qui est en train d'arriver. Pour des élèves journalistes d'une école parisienne, c'est particulièrement absurde. Ici, l'information est une addiction. Ne rien savoir est le pire des manques, ce qui les rend tous irritables. Au téléphone, toujours pareil, il faut tenter sa chance plusieurs fois avant d'espérer joindre son correspondant. Lignes saturées. Les sms sont quasi impossibles à envoyer, ou plutôt à recevoir. La seule chose qui a pu être vérifiée concerne la province : la situation est la même. La coupure du net se traduit par cette étrange grève un peu partout dans le pays. Cela suscite déjà quelques nouvelles solidarités.

Nous allons tenter de rejoindre Chloé et Julien. On devait se retrouver vers 13 heures devant la Maison de la radio, côté Seine. La moitié de Paris à retraverser dans l'autre sens.

19

Devant la Maison de la radio se presse une foule considérable. Pour l'essentiel, des gens venus spontanément s'informer. Après tout, c'est un lieu au cœur des confluences médiatiques.

En dépit de la cohue, nous parvenons à rejoindre Julien et Chloé. Julien a pris soin de prendre un thermos de café, des tasses et quelques sucreries qu'il nous propose de partager. À trois badauds avec qui il a engagé la conversation, il offre aussi un peu de boisson chaude.

Un journaliste, dont le nom m'échappe, croise notre chemin.

— Chloé !

Chloé travaille pas très loin d'ici. Elle connaît la moitié des journalistes de France Inter pour les avoir coiffés.

— Comment vas-tu, Chloé ?

— Et toi ?

— Tout le monde est à cran. Rien ne filtre. On ne sait pas d'où vient le coup. Les gars du gouvernement nient en bloc et ça semble presque sincère. Ils sont persuadés qu'avec cette censure d'Internet, les rumeurs ne font que s'amplifier… et comme les rumeurs leur sont contraires, ils paniquent plus qu'autre chose.

Claire, qui semble également connaître ce journaliste, lui demande à quand remonte sa dernière conférence de rédaction et si une autre doit se tenir dans les prochaines heures.

— On fait le point régulièrement mais pour l'instant, ça ne sert pas à grand-chose. On a très peu d'informations, sans moyen de les diffuser. Trois collègues sont partis sur différentes pistes pour essayer de trouver les origines de la coupure. Pas de nouvelles. Ah ! Mais vous faites partie du groupe de la Reinette, non ? Je peux vous laisser mes coordonnées ? Dès que tout aura repris son cours, il faudra absolument que l'on se parle.

— Et si ça ne reprend pas son cours ? demande Claire.

— À voir le monde qu'il y a dans les rues et la pagaille qui va crescendo, je mise sur un prompt rétablissement… Mais pas de la Présidente, bien sûr.

— La foule pourrait devenir plus agressive ? interroge Claire.

— Peut-être, répond d'un ton blasé le journaliste. Des Français qui se mettraient d'accord comme ça, sans heurt et sans grève, après ce qui vient de se passer, je n'y crois pas trop et vous ?

— Se mettre d'accord sur quoi ? demande Chloé qui pour une fois a vu juste.

— Avant le black-out du net, reprend le journaliste, vous n'avez quand même pas oublié que notre République n'avait plus de pilote. Les gens sont dans la rue et s'interrogent parce qu'ils essaient de faire le lien entre la maladie de la Présidente et ce qui arrive maintenant. Chacun d'entre nous cherche un signe qui permettrait d'expliquer, d'interpréter. Voilà l'info : la machine médiatique à l'arrêt, les gens s'emparent de l'espace libéré, celui de l'échange, de la communication, de la démocratie. Mais, je m'emballe. Je vous laisse. On se revoit pour parler de votre idée de nouveau mode de scrutin, bien sûr.

— Drôle d'humour, votre beau journaliste, dit Julien, une fois celui-ci éloigné. Il vous félicite pour votre nouveau système d'élection par Internet quand justement Internet ne fonctionne plus…

20

— La Présidente démissionne ! Pierre ! Réveille-toi ! Elle démissionne !

— Claire ! Il est ? 6 heures du matin...

— Tu m'as entendu ? Elle démissionne. Remue-toi.

— C'est pas une heure pour faire des trucs pareils. Elle nous aura emmerdés jusqu'au bout celle-là.

— Le journaliste d'hier vient de m'appeler. Il y a eu des émeutes toute la nuit. Des groupes ont fait semblant de manifester spontanément sur les Champs-Élysées et hop, en trois minutes, ils ont envahi la rue du Faubourg-Saint-Honoré, entre la rue Royale et celle de La-Boétie.

— Ils l'ont réveillée brusquement aussi ?

— La Présidente n'était pas dans ses appartements de l'Élysée mais le secrétaire général l'a vite appelée pour lui dire que si elle n'intervenait pas, le palais serait saccagé, sans parler du reste. La Hire est arrivée en hélicoptère. Elle a juré qu'elle n'était pour rien dans la coupure des communications web et a ajouté que des élections anticipées auraient lieu dans trente-sept jours. Elle a appelé au calme et en attendant le prochain scrutin, elle a confié ses prérogatives au président du Sénat, comme le veut la Constitution.

— C'est du bluff ?

— Non pourquoi ? Enfin, je n'en sais rien. Tu te lèves ?

— Pour quoi faire ?

— Internet fonctionne normalement.

— Tu plaisantes aussi ?

— Va voir.

— Et pourquoi le journaliste t'as appelé comme ça, si tôt ? Tu le connais si bien que ça ?

— Je l'ai juste eu en cours deux ou trois fois. Il m'a dit qu'il fallait absolument que les forces vives du pays soient informées, prêtes à réagir. Voilà pourquoi il m'appelait si tôt. Il craint un coup d'État. En tout cas, il veut discuter dans les prochains jours avec nous.

— Avec qui, nous ?

— Notre groupe, la Reinette quoi.

— Au moins je pourrai lui dire que réveiller les bonnes gens en pleine nuit, ça n'empêche pas les coups d'État. Bon, je me lève... Je vais lire mes messages.

21

Encore quelques secondes, le temps que mon ordinateur s'allume : je me connecte enfin ! Deux jours entiers sans écran. J'inspire profondément : l'addict vient de retrouver sa dose. Une fenêtre ouverte pour consulter mes mails, l'autre sur le titre de la première page du *Monde* en ligne :

« Au revoir Présidente. Bonjour démocratie. »

À la suite d'une nuit d'émeutes dans toutes les grandes villes de France et de la prise de l'Élysée à Paris, Jeanne La Hire, Présidente de la République, a démissionné de son mandat.

Je reste très sceptique sur cette décision soudaine. Même si les soupçons de fraude et de financement occulte du parti de la Présidente ont entaché son élection, elle était tout de même parvenue au pouvoir démocratiquement. Alors maintenant, le laisser filer de la sorte ?

Aucune résistance ne semble s'être opposée à la vague de violence qui est montée peu à peu jusqu'à cet assaut de l'Élysée. Et ce titre de journal ? Il voudrait dire que la démocratie renaît d'un coup de force ? Étranges médias.

— Claire ? Tu ne trouves pas ça bizarre que le clan La Hire ait tout lâché aussi vite ?

— Elle avait déjà un genou à terre. La pression était énorme. Cette solution était la plus facile pour elle.

— Michel m'a envoyé un message. Il passe avec les croissants. Je lui dis que tu préfères les chocolatines ?

— Je crois que c'est lui qui sonne. Laisse tomber le sms. Tu lui ouvres ?

J'ai du mal à contenir mon envie de rire en ouvrant la porte. Et pour cause, mal rasé, la barbe grisonnante et l'œil noir, Michel ressemble vraiment à Ben Laden, le turban sur la tête en moins. Les gars de TF1 avaient un peu raison l'autre jour. Je me garde bien de le dire à Michel, qui n'est pourtant pas susceptible. Avec quelqu'un qui n'a jamais été beau, les blagues faciles sur le physique des uns et des autres sont rarement les meilleures.

— De bonne humeur, Pierre ? dit Michel d'une voix qui déraille sans cesse, en bon fumeur du matin. Les actualités du jour t'amusent ?

— Un peu oui.

— Ne nous réjouissons pas trop vite. Qui sait ce qui vient. Enfin, côté bonnes nouvelles, tu as vu que la pétition est toujours en ligne avec plus de cinq millions de signataires ? Et le portail de l'élection présidentielle 2.0 aussi.

— Incroyable !

— Tu l'as dit. Les affaires reprennent après deux jours de repos forcé.

Claire sort de la salle de bains pour se joindre à nous. Son visage me ravit chaque matin, et me remet d'aplomb quoi qu'il advienne. Michel semble capter mes pensées :

— Le bonheur quotidien est la plus belle invention de l'humanité.

— Oui, ça donne à réfléchir, je lui réponds.

— Tu as de nouveaux projets ?

— Je dirais plutôt que ce sont les anciens qui s'estompent.

— Et tes oraux de l'ENA.

— Plus j'y réfléchis et plus je m'interroge. En dehors de l'orgueil que j'aurais à faire l'ENA, je me demande si le jeu en vaut la chandelle. Choisir le bonheur personnel et anonyme d'une vie tranquille me semble peut-être plus important que de servir l'intérêt général.

— Il y a des décisions lourdes de conséquences à prendre parfois, Pierre.

— Dans l'immédiat, je crois que j'ai repoussé certaines échéances avec ma médiocre prestation au grand oral.

— C'est l'équation d'une vie qu'il te faut chercher à résoudre, avec tout ce qu'elle comporte d'inconnues. En prenant de l'âge, tu verras, les choses deviennent plus simples. L'éventail des choix se rétrécit.

— À condition de ne rien avoir à regretter, n'est-ce pas ?

— D'habitude, la philosophie de comptoir est réservée aux fins de soirées, nous interrompt Claire gaiement. Vous commencez dès le petit matin ?

— Tiens, je t'ai pris des pains au chocolat, tu les préfères aux croissants, non ?

— Oui, mais appelle-les chocolatines, ça les rend encore meilleures, lui répond Claire, presque en chantant son bel accent du Sud-Ouest.

22

— Allô ? C'est Julien...

— Comment vas-tu ?

— Je peux passer vous voir pour le café à midi ? Je voudrais discuter un peu.

— Quelque chose ne va pas ?

— On en parle tout à l'heure. Claire aussi sera là ?

— Oui, je crois.

— Alors à plus tard.

Je raccroche. Claire m'interroge du regard.

— Julien passera pour le café. Il avait l'air tout chose.

— Qu'est-ce qu'ils ont tous aujourd'hui à venir nous voir ? me dit Claire en me rejoignant sur le sofa. Ils ne veulent pas nous laisser un peu seuls, juste tous les deux...

— Il n'est que 10 heures. Profitons-en.

Je ne souhaite pas partager les moments qui suivent, je dirais seulement qu'ils sont particulièrement agréables.

Plus tard, nous déjeunons devant le journal télévisé de la mi-journée, probablement en raison du sevrage d'information que nous venons de vivre, et surtout à cause de la délectation que procure l'effondrement de la famille La Hire. Les déclarations se succèdent. Même les plus modérés tiennent des propos d'une violence inouïe à l'égard de la Présidente déchue. Comme une surenchère. Plutôt facile d'achever la bête. Dans le camp La Hire, les rares édiles à bien vouloir répondre aux questions des journalistes sont tout aussi féroces :

« une femme finie, sans courage et sans vergogne, qui a mené le pays droit dans le mur avec la complicité de son mari… »

Rompant la suite des réactions, le journaliste reprend la parole pour présenter – « s'il le fallait encore », dit-il – la Reinette, ce groupe politique original qui monte :

« La pétition lancée sur le net pour la démission de la Présidente et le processus en cours d'une nouvelle élection donnent la mesure de l'influence de cette entité mal définie. Les membres de Reinette n'ont pas voulu réagir à la chute de la Présidente, laissant au peuple "le plaisir de savourer sa victoire", selon les propres mots de l'une de ses représentantes. Après ce premier succès à mettre au compte de ces nouveaux activistes du net, inutile d'ajouter que pour les internautes, le premier tour de l'élection web 2.0 qui s'annonce la semaine prochaine déchaîne les passions. »

— J'hallucine. Il nous fait cinq minutes de publicité en plein journal télé ! J'appelle Inès pour savoir un peu où on en est.

— Inès ?

— Tu tombes bien Pierre, j'allais t'appeler. Ça se gâte sérieusement. Notre site...

— Tu plaisantes j'espère ? Tu as regardé le journal de TF1. D'habitude, ils ne parlent que des moutons ou du dernier forgeron de Lozère, et là...

— Le problème est qu'on ne contrôle plus vraiment le site des élections. On est court-circuité.

— Il ne fonctionne plus ?

— Si, mais de temps à autre il y a des intrusions sur le panneau de contrôle. Imed a changé les identifiants, utilisé un nouvel ordinateur, rien n'y fait. Il est avec deux copains hackers, ils essaient de trouver l'origine de la faille. En tout cas, ça a l'air sérieux. Ils disent que c'est du très haut niveau.

— C'est-à-dire ?

— Ils trouvent ça génial. Ils ne font que répéter « trop fort » ou « trop cool »... Euphoriques. Moi les informaticiens, je ne les comprends pas. On se fait pirater et rien ne les amuse davantage. Depuis plus de deux heures, ils sont vissés sur leurs écrans et quand on leur demande quelque chose, ils n'entendent même pas. Ils vivent sur une autre planète.

— Bon, écoute Inès, Julien passe nous voir dans quelques minutes. On vous rejoint ensuite.

— Oui, venez au moins me remonter le moral.

— Ne t'inquiète pas…

— Tu plaisantes ! Ceux qui piratent notre site n'ont plus qu'à se servir ou mettre en ligne publiquement les données de tous les gens qui nous ont fait confiance. On est K.O. Pierre, tu m'entends ?

23

— Salut Julien. Pas trop mouillé ?

— Non, j'ai un bon parapluie. J'en ai même prêté un coin à Chloé.

— Vous connaissez la chanson...

Un p'tit coin d'paradis,
contre un coin d'parapluie,
je ne perdais pas au change, pardi.

— Toute la poésie du XXe siècle...

— Café ?

— Volontiers. Bien serré pour moi, avec ce que j'ai à vous dire, ajoute Julien.

— Chloé ?

— Oui, pareil.

— Dis-moi Chloé, tu n'as pas l'air dans ton assiette.

— C'est de ma faute, coupe Julien. Je ne sais pas trop comment vous présenter les choses...

— Comme elles sont, lui répond calmement Claire.

— Comme elles sont… rétorque Julien, la voix tremblante. Hier en fin d'après-midi, j'étais chez mon père. Il a du matériel informatique et vidéo très haut de gamme et il ne s'en sert jamais, alors je l'utilise régulièrement. On a plutôt de bons rapports, enfin jusqu'ici. Quand je suis arrivé, mon père était assis avec cinq autres gars du parti.

— Ouais, toujours pas de place pour les femmes, dit Claire en souriant.

La mine déconfite, Julien ne s'arrête pas une seconde sur la remarque et continue :

— Je n'ai pas tout de suite compris de quoi ils parlaient. Ils disaient qu'il ne restait plus qu'à se baisser pour ramasser le fruit mûr. Je n'écoutais pas vraiment. Des années à entendre parler de politique à la maison… mon cerveau se rétracte presque instinctivement lorsqu'il est question de gouvernement, de négociations, de tactiques… Et puis, l'un d'eux a pris la parole, je n'ai pas vu lequel puisque je quittais le salon où ils se trouvaient. Il a affirmé que comme prévu, la Reinette était sous contrôle. Un allié providentiel qui a réagi parfaitement en tous points les jours précédents, a-t-il poursuivi. Mon père a alors ajouté que même s'il avait des sources de premier ordre pour savoir ce que faisait ce groupuscule, il serait bon de verrouiller de ce côté-là. J'ai ensuite reconnu la voix de ce vieux bandit de Lagardère. Il disait que le site était déjà entièrement entre ses mains, en toute discrétion.

— Attends Julien ! Tu es en train de dire que ton père se sert de toi pour savoir ce qu'on fait ?

— Ce n'est pas tout, s'efforce de continuer Julien d'une voix mourante. Je suis allé bidouiller une vidéo dans la pièce à côté mais je ne parvenais pas à me concentrer, crispé par ce que je venais d'entendre. J'ai patienté un moment jusqu'à ce que mon père soit seul et je suis allé l'interroger.

Voilà à peu près ce qu'il a bien voulu me dire : dès l'annonce de la maladie de La Hire, persuadé qu'une nouvelle élection présidentielle était inévitable, mon père a mis en place une cellule de plusieurs conseillers, spécialistes de l'Internet, afin qu'ils élaborent une stratégie pour la future campagne.

Apparemment, le point de départ de leur réflexion est assez simple : depuis plusieurs années, le petit peuple du web se complaît dans la distraction permanente. Il fait ses courses, partage ses photos et participe aux jeux sociaux. Internet est le lieu où peut s'exprimer la créativité populaire et se partager des contenus étonnants, dérisoires ou marrants. C'est tout. Compte tenu du temps, relativement court et peu maîtrisé, destiné à la campagne présidentielle qui s'annonçait, la course au peuple égaré du web à des fins politiques était perdue d'avance. En revanche, s'appuyer sur quelques bons coups du net, faire du marketing politique viral élaboré à partir des buzz du moment, voilà l'idée.

Un jour, j'ai parlé de vous de manière fortuite à mon père. C'était surtout pour lui annoncer ma rencontre avec Chloé. Ce n'est pas tombé dans l'oreille d'un sourd… Il a mis ses conseillers sur la piste. La page du portail pour une élection présidentielle par Internet est tombée sous leurs yeux : une aubaine. Ils ont alors contacté des pirates du net, « les hackers d'Anonymous ». Ces derniers n'avaient qu'une envie : en découdre avec le pouvoir en place. L'équipe de mon père leur aura offert quelques promesses de téléchargements autorisés s'il est élu et ils ont rejoint son camp. Alors, ils ont commencé à allonger des noms bidons sur votre pétition, puis mis sur orbite médiatique la Reinette. Ce sont eux qui ont soufflé le nom du groupe à un journaliste du *Monde*. Ensuite, avec l'aide d'un vieux copain de promo de mon père, grand patron dans l'industrie numérique et avec le secours de l'autorité de régulation des communications électroniques, provoquer la panne Internet n'a été qu'un jeu d'enfants.

— Comment ça ? Ce n'est pas l'entourage de la Présidente qui a fait le coup pour jouer la montre ?

— Non, c'est le camp de mon père, beaucoup moins préparé à une élection anticipée, qui avait le plus besoin de temps pour mettre en place son plan de campagne et ses relais dans certaines villes. Cerise sur le gâteau, en prenant la maîtrise du temps électoral, le discrédit était jeté sur La Hire et tous ceux qui l'entourent de près ou de loin, notamment son mari.

— Il descend de Machiavel ton père !

— Oui, surtout qu'il va arriver en tête du premier tour de votre élection…

— Quoi ?

— Cela fait partie de sa stratégie globale d'influence, m'a-t-il dit. Ses conseillers pensent qu'il bénéficiera d'une première image de vainqueur qui devrait agir ensuite sur les tendances de la vraie élection. Voilà, je crois que je vous ai à peu près tout dit.

— Pas tout à fait, dit Chloé, muette comme jamais jusque-là.

— Chloé, même si je t'en ai parlé, ce que j'ai dit ensuite à mon père ne regarde que moi. Je suis désolé si par ma faute votre aventure est mise à mal.

— Ne t'en fais pas, Julien. Tu n'as pas à endosser les mauvais coups de ton père. Nous sommes ravis de t'avoir avec nous. Pas vrai Chloé ? dit Claire pour venir en aide aux deux tourtereaux en détresse.

Chloé, moins pâle, retrouve aussi la voix :

— Ouf ! J'avais peur que vous en vouliez à Julien et un peu à moi aussi, de l'avoir introduit dans nos soirées. Vous ne croyez pas qu'Inès, Noa et même Imed nous en voudront ?

— Ne t'inquiète pas pour ça Chloé, j'ai eu Inès tout à l'heure. Elle est entièrement absorbée par les pirates qui ont attaqué notre site. Même après ces révélations, elle verra bien que Julien n'est pour rien dans nos déboires informatiques. D'ailleurs, j'ai promis qu'on passait à l'appartement d'Imed et Caro d'ici une heure ou deux. Vous venez ?

24

Nous partons tous les quatre chez Imed et Caro. À quelques pas de l'immeuble, nous trouvons Ludo, Maxence et Berlu qui se joignent à nous. Avec les travaux dans la rue, nous sommes obligés de nous suivre à la queue-leu-leu sur les derniers mètres du trottoir étroit, pareils aux sept nains. C'est ce qui me donne envie de siffloter.

« Hey ho, hey ho, on rentre du boulot ! »

Les autres reprennent, sauf Julien qui, je suppose, a le cœur trop serré. Il craint les reproches d'Inès ou d'Imed.

Le conseil de guerre chez Imed et Caro va commencer... Il ne manque que Noa. Sinon, tout le monde est là.

— Elle termine d'écrire un chapitre de sa thèse et elle arrive, dit Berlu en se marrant.

Noa est inscrite en doctorat depuis maintenant six ou sept ans. L'École des hautes études en sciences sociales se montre bien tolérante à son égard, peut-être en raison de la portée novatrice et incommensurable de son sujet, quelque chose comme « Le cinéma, outil d'analyse sociologique des banlieues. »

Bref, il s'agit presque d'une assemblée générale extraordinaire de notre petit groupe.

Autour de la table basse du salon, on est un peu serré, mais ça tient. Inès propose de présenter un état des lieux de la situation. Berlu l'interrompt :

— Ce sera long ? Je vais nous servir à boire. Commencez sans moi, je reviens.

Inès évoque d'abord la chute de la Présidente La Hire en soulignant que nos efforts des jours derniers n'ont pas été vains et que ces résultats portent en partie la marque de notre action. « J'en veux pour preuve le piratage de notre site », poursuit-elle, exposant alors par le détail les intrusions régulières que subit désormais le site Élection 2.0.

Maxence se tourne vers Imed :

— On ne contrôle plus rien ? Tu n'as pas sécurisé la matrice ?

— Écoute, dit Imed, agacé, nous n'avons pas affaire à des petits joueurs. Pour trouver les codes de cryptage que j'avais mis en place, il faut du gros matériel et des petits génies. Si tu ajoutes qu'on est piraté depuis le black-out, on peut croire que les intrus attendaient la coupure du net pour nous attaquer. J'avais pris des précautions, mais pas pour contrer des pirates de ce genre-là.

— Tu penses savoir qui a fait le coup ?

Inès reprend la parole, accusant le camp La Hire. Michel, malgré une quinte de toux, enchaîne :

— L'autre jour, je vous ai dit qu'il y avait des risques de manipulations. Vous m'avez répondu assez vivement et je m'en suis tenu là. Mais...

— Si tu permets, Michel, c'est à moi de leur dire, coupe Julien.

Les visages autour de la petite table du salon témoignent de la consternation, voire de la stupéfaction. Certains détournent les yeux, comme Chloé, visiblement contrite de voir Julien une nouvelle fois soumis publiquement à la torture.

Après avoir redit ce qu'il nous avait déjà appris, à Claire et moi, il baisse la voix et termine de manière presque inaudible. Même Berlu ne rompt pas le silence. Sans le vouloir, Chloé a fait rentrer le loup dans la bergerie. Lui mettre sur le dos, ou sur celui de Julien, la responsabilité, n'est pas possible.

Michel reprend la parole :

— Julien, ta franchise t'honore. Il faut que je me débarrasse à mon tour de ce que j'ai sur la conscience.

Il y a quelques jours déjà, lorsque je suis rentré du Maroc, un vieux copain qui gravite autour d'Arnaud Coarraze – le père de Julien – m'a contacté. Il voulait me voir au plus vite. Je l'ai rencontré le lendemain. J'avais dormi ici. Avec

Berlu, on avait un peu abusé du Sancerre… Bref, mon ami m'a parlé de ce que vous aviez concocté : le projet de vote Internet pour une nouvelle élection présidentielle et la pétition pour la démission de La Hire. Il m'a demandé ce que j'en pensais et quelques détails sur certains d'entre vous. Ensuite, il m'a proposé un « deal gagnant gagnant ». Ce sont les mots qu'il a utilisés : « on médiatise votre opération en échange de quoi, d'ici quelque temps, votre campagne Internet servira notre candidat ».

— Tu ne nous as pas vendus ? s'exclame Caro, d'habitude plus réservée.

— Au moment, personne ne connaissait le site ; personne non plus ne pouvait dire si La Hire lâcherait le pouvoir. S'accorder sur un échange de bons procédés avec le principal parti d'opposition ne m'a pas paru une mauvaise chose.

— Tu n'étais même pas à l'origine de notre site et tu te lances dans ce genre d'affaire ! Tu te fous de notre gueule ! crie Berlu qui, jusqu'alors, n'avait jamais paru si impliqué.

— Je comprends votre indignation mais attendez au moins que je termine. J'hésitais à intervenir. Coarraze m'a proposé de le rencontrer et notre discussion a levé mes doutes. D'abord, il m'a confirmé que cela aiderait à la destitution de Jeanne La Hire, ce qui n'était quand même pas rien. Ensuite, il m'a mis en contact avec deux SEO à la pointe de ce qui se fait actuellement, du moins en France.

— Des SEO ? demande Claire.

— Les Search Engine Optimizer s'occupent de vérifier le contenu d'un site Internet, de gérer sa structure et surtout d'augmenter son trafic. En quelque sorte, ils transforment ta vieille bagnole en voiture de sport, explique Imed. Après leur passage, un peu de bricolage de code informatique et un site Internet obscur peut être visité des milliers de fois, voire plus.

— Tu es donc en train de me dire que l'augmentation spectaculaire de visites sur notre site et du nombre de signataires de la pétition n'a rien à voir avec notre boulot ? se désole Maxence.

— Pas tout à fait. Les petits génies de l'informatique qui s'agitaient incognito pour nous se sont appuyés sur une bonne base, celle que tu avais élaborée avec Imed et Ludo.

— Et maintenant ils nous piratent, dit Inès avec une fureur sèche.

— Probablement, dit Michel. Néanmoins, il ne s'agit pas d'une intrusion hostile.

Noa survient alors :

— Voilà dix minutes que je sonne. Le voisin m'a ouvert. Qu'est-ce qui se passe ? Vous faites tous la gueule ?

— On discute de la fermeture de notre site, reprend Inès très émue.

— Inès, ne te mets pas dans cet état-là, balbutie Claire. Michel n'a pas terminé.

— Effectivement, en plus des deux SEO mis à notre service, Arnaud Coarraze a également dépêché une attachée de presse à plein-temps pour faire du battage médiatique, reprend Michel. Elle a décroché pas mal d'interviews, non ? Vous croyez qu'on est dans les journaux ou invité sur les plateaux télé parce qu'on a une bonne tête et plein d'idées à l'intérieur ? Son travail a été remarquable avec une progression idéale, du *Monde* jusqu'aux JT de TF1, en prime time.

— Je me doutais ce n'était pas très clair tout ça. Sacha Emona a eu un comportement un peu bizarre avant l'interview.

— Ah, ça oui, Pierre ! C'était serré. Le directeur de la rédaction était d'accord pour t'interviewer mais Sacha Emona a bloqué. On s'est pas mal engueulés. Au final, le directeur qui avait quelques obligations envers l'attachée de presse de Coarraze n'a pas laissé le choix : « Tu fais l'interview ou bien ce sera quelqu'un d'autre qui la fera à ta place… » Vous auriez vu la tête d'Emona, une furie.

— C'est pour ça qu'elle ne voulait pas de toi sur le plateau ? demande Claire.

— Entre autres oui, continue Michel. Je comprends que vous n'approuviez pas ma manière de procéder. Il fallait aller vite, je voulais bien faire. D'ailleurs Julien, ton père m'a promis d'intégrer plusieurs d'entre nous dans des cabinets ministériels, s'il est élu. Pas moi bien sûr, je suis trop vieux...

Inès ne tient plus :

— Mais putain Michel, t'as rien compris ! On veut sortir d'un système qui pue, anti-démocratique. Et toi, tu nous embringues dans une embrouille où l'on doit se moucher dans les jupons du successeur de La Hire.

Noa continue :

— Inès a raison. Pour l'instant, Coarraze est dans l'opposition mais, excuse-moi Julien si je parle franchement : avec ton père, visiblement, la magouille, les copains et les coquins, ça continue. Je refuse de soutenir ça. Michel, ta planque dans un cabinet ministériel, je n'en veux pas. Il faut fermer le site.

Imed semble désespérée de voir toutes ces heures d'engagement et d'action s'envoler en quelques secondes :

— On devrait attendre de voir les résultats du premier tour Internet, et voir qui se dégage aux premières places. S'il s'agit d'Arnaud Coarraze, on baissera le pavillon.

— Tu organises un vote et si celui qui doit gagner ne te plaît pas, tu annules ? Le comble de la démocratie, rigole Berlu.

Les échanges sont virulents. Michel perd pied, conscient d'avoir agi de manière beaucoup trop individuelle, là où se dessinait un projet de groupe. Il ne prévoyait pas notre colère. Je dois reconnaître qu'il a très maladroitement agi.

D'autant qu'il pensait faire cela pour nous, sans jamais y chercher son intérêt. Plutôt que de nous laisser sur notre nuage idéaliste, Michel a voulu nous faire descendre sur terre, nous mettre sur la scène du vrai théâtre politique, au risque d'y perdre un peu son âme.

Je me décide à prendre la parole :

— Nous arrivons au moment décisif. Je me souviens de notre consternation lors de l'élection de Jeanne La Hire. Comme pour cet excité Président américain avec son coup d'État médiatique, jamais je ne suis parvenu à la considérer vraiment aux commandes de notre République. Le soir même où nous avons appris sa maladie, nous nous sommes livrés au jeu des discours et, sans trop y réfléchir, nous avons lancé cette aventure d'une élection présidentielle par Internet. Notre plaisanterie a rapidement pris une nouvelle tournure : une sorte de remake collectif et anonyme de l'ascension de Coluche en 1981. Cela nous a donné un peu la grosse tête. Et merci Michel : notre rapport à la politique a changé. Un fossé sépare le spectateur de l'acteur. Noa s'y connaît mieux en métaphores cinématographiques, mais je continue quand même.

— Ouais, abrège un peu Pierre Philosophale, marmonne Berlu.

— Je vais au but. Une nouvelle élection présidentielle se prépare. Avec ce que nous savons aujourd'hui grâce à

Julien et Michel, nous devons décider si Reinette continue à jouer le rôle qu'on a bien voulu lui donner : celui d'agitateur et de faiseur de tendance sur le net. Nos belles idées en ont pris un sérieux coup. Mais faut-il ne rien faire parce qu'on ne peut pas tout faire ?

Je reprends souffle. Inès en profite :

— Donc on doit décider de la fermeture du site.

— Je crois effectivement qu'on doit déterminer notre position. Je voudrais dire à Michel que sans lui, nous n'aurions même pas eu cette possibilité. Et je voudrais dire à Chloé que son Julien doit l'aimer très fort pour avoir ainsi dévoilé quelques secrets de famille.

— Personnellement, avance Imed, beaucoup moins soucieux de psychologie de groupe, je propose un vote à trois options : on ferme le site immédiatement, on continue jusqu'au bout ou bien on attend la fin du premier tour et quel que soit le résultat, on boucle.

— Du tour de quelle élection tu parles ? rigole Noa, qui a l'air un peu perdue dans les débats.

— La vraie élection, maintenant, je m'en fous, réplique Imed. Je veux juste encore m'amuser un peu avec mon joujou. Alors on vote ?

Claire prend à son tour la parole. Elle propose que chacun exprime son opinion s'il le désire sur les trois options définies par Imed.

S'ensuivent de longues discussions peu productives. Mais enfin, la tension est retombée. Michel esquisse quelques sourires. Il me glisse un chaleureux « Merci Pierre pour tout à l'heure. » Je ne trouve pas mieux à répondre que « J'ai juste dit ce que je pensais. »

Le bruit des bouchons et des blagues douteuses de Berlu reprend le dessus. La tourmente politique s'apaise.

25

Le verdict de notre assemblée générale est sans appel : il faut fermer le site. Pour faire plaisir à Imed qui a abattu un travail colossal ces derniers jours, on attendra l'issue du premier tour, juste pour voir un peu ce que ça donne. Tout le monde a promis de ne pas ébruiter la décision. Michel un peu plus que les autres.

J'ai une tonne de copies d'histoire à corriger. Le temps est gris. Claire est en cours. Bonjour l'ennui.

Le téléphone sonne. Pas le mien, celui de Claire, elle l'a oublié. Appel masqué. Je décroche quand même.

— Claire Letellier ? Arnaud Coarraze à l'appareil.

— Je suis son compagnon Pierre Saintrailles. Je peux lui transmettre un message de votre part ?

— Bonjour Pierre. Je suis heureux de vous avoir au téléphone. Pour être bref, je souhaiterais rencontrer votre groupe pour apporter quelques éclaircissements et vous faire des propositions.

— Vous vouliez parler à Claire ?

— Oui, mais je pense que vous pouvez transmettre le message à vos amis. Que diriez-vous d'un rendez-vous demain ? Je vous laisse mes coordonnées.

— Euh, je contacte les autres et je vous rappelle.

— Au revoir Pierre et à demain.

Un café me fera du bien. Je descends au bistrot du coin. Je meurs d'impatience de voir Claire. Tant qu'elle n'est pas là, je n'appelle personne. Je devrais peut-être me méfier mais la voix d'Arnaud Coarraze m'a paru très chaleureuse. Il fait partie des rares hommes politiques que j'admire. Il appartient à une catégorie à part. Gauche et droite réunies, j'en compte quatre ou cinq de cette trempe. Mon préféré, c'est Dany le Rouge. Pas l'anarchiste mais l'acteur politique apaisé pour qui l'Europe n'est pas qu'un machin. Tiens ! Voilà Claire qui sort du métro.

— Claire ! Claire !

— Bonjour mon amour.

— Bonjour. Tu avais oublié ton téléphone. Arnaud Coarraze en personne t'a téléphoné.

— Quoi ? Tu as répondu j'espère !

— Oui. Il voulait parler à quelqu'un du groupe. Il veut nous rencontrer demain. Qu'est-ce que tu en penses ?

— À part Michel, Maxence… et Chloé bien sûr, je prédis un terrain très hostile. Qu'est-ce qu'il veut ?

— Nous rencontrer et nous faire des propositions.

— Tiens donc.

— Cela semblait honnête. Je ne lui ai rien promis, sauf de le dire à tous et qu'on le rappellerait ensuite.

Bras-dessus, bras-dessous, nous rentrons à l'appartement. Claire prend soin de téléphoner à chacun, explique les enjeux. Elle semble heureuse de cette nouvelle effervescence, et je trouve son visage toujours aussi beau.

— J'ai eu tout le monde sauf Inès et Noa. Je leur ai laissé un message. Rendez-vous à 18h. Il ne reste plus qu'à voir si Coarraze est disponible à ce moment-là. Pierre, tu le rappelles ?

— Tu devrais le faire. Après tout, c'est toi qu'il appelait.

Claire semble ravie de ma réponse mais un peu gênée à l'idée de lui parler. Je lui dis quelques mots d'encouragement. Elle compose le numéro en contemplant le lave-vaisselle, ami indispensable des repas à effectif variable. La conversation dure assez longtemps, largement ponctuée par les « Ah d'accord » de Claire.

Lorsqu'elle raccroche enfin, je l'écoute. En une seule conversation téléphonique, Coarraze a suscité chez elle une sorte de contentement insolite. Elle parle, parle... Et termine son monologue par quelque chose du genre :

— ... tu comprends, même sur ce qui touche au web il est pointu. Pour lui, il faut combler le retard conceptuel de la France qui laisse les États-Unis et la Chine modeler le cyberespace à leur image. Il compte sur nous pour initier un New Deal du net. Il voudrait décloisonner et transposer dans le virtuel une géopolitique du monde réel pour que les idées neuves circulent grâce aux réseaux sociaux et impactent les manières de penser et d'agir. Il viendra demain avec deux conseillers. Génial !

— Oui, génial, dis-je avec moins d'enthousiasme.

Je me garde d'ajouter que si ce que A.C. raconte est un salmigondis du genre de ce que je viens d'entendre, je m'enfuis en courant.

26

Interloqué. Stupéfait. Sidéré. Pantois. Peut-être même abasourdi. Pour l'instant, je reste muet. J'ai l'impression d'avoir assisté à une mêlée sans poussée.

En moins de quinze minutes, Arnaud Coarraze a mis tout le monde d'accord autour de son projet. Sauf Inès et parfois Claire, personne n'a fait la moindre objection aux propositions du futur candidat à l'élection présidentielle.

De retour chez nous, affalé devant un match de basket-ball, je mange les carrés de chocolat les uns après les autres, presque mécaniquement, en repassant les images de notre rencontre avec Coarraze, qui n'a d'ailleurs pas le physique de Tony Parker.

Son intervention a été parfaite.

D'abord, il se présente. Insiste sur son passé syndical étudiant. Juste ce qu'il faut pour faire vibrer la corde sensible de jeunes enthousiastes que nous sommes. Il expose clairement les contradictions inhérentes à l'action politique : l'écart permanent entre les grandes idées profondes et le retour à une réalité qui souvent oblige au compromis. Un peu d'amertume au lieu de nectar, mais c'est la règle. Difficile de s'y habituer. Le réalisme politique, dit-il.

Ensuite, il précise son projet et comment il pourrait nous y intégrer. Simplissime. Une fois devenu Président de la République, grâce à nous, il souhaite voir naître une nouvelle Constitution 2.0 pour la France, sur le modèle islandais. Notre groupe aurait la charge de faire élire cent citoyens « ordinaires » qui disposeraient de quatre mois pour élaborer un projet constitutionnel. Mis en ligne sur Internet, celui-ci s'enrichirait des réactions de la population qui pourrait proposer des amendements.

Bref, une belle aventure de démocratie directe. La nouvelle constitution serait alors soumise au Parlement qui saisirait à nouveau l'avis du peuple, par référendum...

Claire est intervenue pour demander qui mènerait ce projet, car cent personnes choisies au hasard ne peuvent pas élaborer un texte permettant à soixante-dix millions d'individus de bien vivre ensemble.

— Ça ne s'improvise pas, a-t-elle ajouté.

Coarraze lui a répondu calmement que le Conseil Constitutionnel encadrerait la démarche pas à pas pour que la nouvelle constitution de la VIe République soit prête un an après son élection, quitte à ce que cela l'oblige à mettre fin à son mandat.

Le rôle de la Reinette ne serait donc plus d'amener les citoyens du net à choisir un Président mais de faciliter l'élaboration d'une nouvelle constitution.

Inès a voulu déconstruire ce discours parfaitement huilé :

— Je vois le genre de l'entreprise. Des types aux ongles manucurés et aux costumes impeccables feront la synthèse des débats. Si nécessaire, la bourgeoisie éclairée éclairera le monde... Quelles sont, pour nous, les garanties ?

— Des garanties ? a demandé Coarraze. Sur le processus, je vais vous en donner, c'est le point suivant, j'y viens. Quant à la réussite de cette entreprise un peu folle, nul ne pourrait honnêtement vous l'assurer. Mais je fais le pari d'y parvenir, comme vous en avez fait un il y a quelques semaines en lançant votre élection 2.0.

— J'aimerais vous croire, a marmonné Inès, moins véhémente.

— Je veux conclure par un élément essentiel. Tous les membres de la Reinette, vous êtes quinze je crois, pouvez commencer dès demain un contrat de travail. J'ai créé une start-up de support pour mon élection. Ce n'est pas un parti politique. Je veux m'appuyer sur les gens que l'on croise dans la rue et sur ceux que l'on rencontre sur les réseaux sociaux. J'ai besoin de gens connectés. J'ai besoin de sortir du système politique habituel qui se sert lui-même mais ne sert plus les gens pour qui il a été conçu.

— Qu'est-ce qu'on gagne à vous rallier ? demande Claire, presque naïvement.

— Tout. Pour certains d'entre vous, un emploi stable. Et pour tous qui avez la foi dans le changement politique, l'occasion de pouvoir l'initier. N'allez pas croire que faire la révolution – car c'en est une – se décrète en quelques joyeuses soirées. Il faut de la méthode et des réseaux d'influence. Je les cultive depuis près de trente ans. Quant aux modalités de création de la start-up et au planning prévisionnel de nos actions, mes deux collaborateurs aux ongles impeccables, comme vous dites, se feront un plaisir d'y travailler avec vous. Je compte sur la Reinette. Une réponse demain soir sera suffisante. Bientôt, nous trinquerons à la victoire.

Arnaud Coarraze esquive la guitare de Berlu posée par terre. Il sourit à l'assemblée et se dirige vers la porte d'un pas lent et assuré.

Maxence s'approche alors des deux assistants et leur demande quelques précisions. Il répète plusieurs fois :

— ... le salaire, ça compte le salaire, oui ça compte !

La rupture familiale de Maxence l'a entraîné dans un parcours professionnel chaotique. Destiné à reprendre l'étude de notaire de son père, il a stoppé net ses études pour suivre des cours d'agronomie, sa passion. Du coup, il vivote de CDD en CDD, ballotté d'une collectivité territoriale de la banlieue parisienne à une autre, rarement affecté à des missions en rapport avec la formation qu'il essaie de poursuivre le soir. La galère.

La proposition de Coarraze l'emballe. Aucun temps de réflexion ni de discussion collective. Sur nous quinze, trois ou quatre seulement ont un emploi stable. Ceux qui seraient potentiellement les plus virulents à l'égard de Coarraze sont financièrement les plus aux abois.

En fin de compte, seuls, Michel, Chloé, Claire et moi résistons aux sirènes de l'embauche. Tous les autres signent derrière Maxence, Inès en tête, avec un grand sourire pour les deux manucurés. Ludo parce qu'il ne veut pas gonfler des ballons toute sa vie. Noa en raison de sa thèse à jamais interminable.

Pourquoi leur jeter la pierre ? Nous voilà flattés. Mais serviles.

Je suis amer, comme dépossédé, avec l'impression qu'un océan de communicants va effacer en quelques jours notre belle initiative d'élection 2.0. Claire fait aussi un peu la tête depuis que nous sommes rentrés.

— Pourquoi n'ont-ils pas fait appel directement aux activistes du net comme ceux d'Anonymous ? me dit Claire de la salle de bains d'où elle ne semble pas vouloir sortir, ce soir.

— Probablement parce qu'on les achète plus difficilement. Tu as vu en combien de temps la Reinette a vendu son âme ?

— Pierre, pourquoi n'as-tu rien dit tout à l'heure ? poursuit ma belle avec son accent toulousain. Je pensais que tu aurais des objections.

— La cause était entendue. Que pouvais-je opposer à la décision des autres?

Claire rentre enfin dans la pièce, en peignoir de bain :

— Rien à opposer ? Et ton discours le premier jour, et tes idées, et ton engagement ? Tu t'es endormi.

— Pas toi Claire ?

— Je veux faire du journalisme. Pas changer le monde, mi amore.

— Tu aurais quand même pu dire quelque chose.

— Personne n'a suivi. J'ai tenté une question ingénue pour voir. Je pensais que tu enchaînerais.

— J'étais accablé, peut-être séduit. Cela m'a rendu silencieux. Maintenant, j'enrage. Le laisser faire...

— Trop tard mon loulou. Adieu l'aventure collective de la Reinette. Tous pour Coarraze !

— Carrés de chocolat ?

— Double dose.

27

Voilà désormais près d'un mois que le scrutin Internet du premier tour de notre élection 2.0 a eu lieu. Devinez qui est arrivé en tête ?

Arnaud Coarraze. Comme prévu.

Il a recueilli plus de 300 000 votes sur le million exprimé. Le deuxième a récolté moins de 100 000 voix...

Ce résultat appelle plusieurs commentaires.

Le premier concerne le nombre de votants. Alors que la pétition a atteint cinq millions de signatures, ce chiffre d'un million, certes inespéré au début de notre entreprise, est décevant. Les gens ont peut-être compris que l'esprit de l'élection n'était plus le même. Quelques lignes assassines des Anonymous bien placées sur la toile ont suffi à les alerter. C'est sûrement mieux ainsi.

Deuxième enseignement de ce scrutin : le vote électronique ne présente pas beaucoup de garanties contre la triche. Fausse bonne idée que de vouloir renforcer la démocratie directe en passant par le net. Aucun d'entre nous n'avait suffisamment évalué ce risque.

Ai-je dit que je suis arrivé septième du scrutin avec presque 24 000 votes ? Bah... La conclusion est donc que mes élèves m'aiment bien !

La vraie élection aura lieu, dans trois jours.

Après de nombreux avatars, la date du premier tour a été fixée au dimanche 5 décembre. Il faut remonter aux élections de 1965, qui avaient vu la victoire de Charles de Gaulle, pour trouver un scrutin présidentiel en fin d'année. Les autres se sont toujours tenus en mai ou juin.

Le résultat semble acquis d'avance.

La cacophonie du camp La Hire pour sa succession a battu son plein. Les candidatures multiples, dont celle de l'insupportable mari de la Présidente, ont lassé l'opinion. Sans avoir à convaincre, Arnaud Coarraze apparaît comme l'homme providentiel ou du moins inévitable. Est-ce une bonne nouvelle ? Un peu d'air frais face aux extrêmes mais rien de bien nouveau pour sortir de ce système de partis politiques sclérosés.

Claire et moi avons pris pas mal de recul avec la Reinette, nouvelle machine de guerre au service de la campagne Internet de Coarraze.

Mes sentiments à l'égard du futur Président sont partagés. Je me souviens de ces paroles de Pablo Picasso entendues un jour, qui disaient que « certains peintres font du soleil un point jaune, d'autres l'inverse ». Sur le coup, j'avais trouvé que la phrase sonnait bien sans vraiment chercher à la comprendre. Maintenant, elle me paraît évidente. Notre aventure était comme ce point jaune en train de devenir le soleil. Le réalisme politique de Coarraze a réduit nos espoirs à ce point jaune...

Retour à la case départ.

Maxence a essayé à plusieurs reprises de me convaincre des qualités de vue du futur Président. Compte tenu du discrédit des autres candidats, il s'agit en effet du seul choix possible. Mais, le goût amer reste. Je ne crois pas que les citoyens pourront se lever le matin en se disant qu'ils ont en main les clefs de leur avenir. Je ne crois plus au miracle démocratique. Je me sens fatigué quand j'entends parler de politique. Rassurez-vous, je ne lâche rien. Mes centres d'intérêts se déplacent. C'est tout.

28

— Pierre ! Pierre ? Téléphone pour toi.

— C'est qui ?

— Je ne sais pas, souffle Claire en me passant le combiné.

— Pierre Saintrailles ? Antoine Vaudémont à l'appareil.

— Oui…

— C'est confidentiel pour l'instant mais le résultat est certain. Vous êtes reçu à l'ENA. Félicitations. Je ne suis vraiment pas surpris. On se voit le 3 janvier à Strasbourg car je ne serai pas là pour vous accueillir dans les locaux parisiens après-demain.

Claire lit sur mon visage un événement inattendu dont elle ne sait s'il faut rire ou pleurer.

— C'était Antoine Vaudémont. J'hallucine. Mon modèle. Je l'ai eu quelques fois en cours à Sciences Po. Il est génial. Il m'a fait passer une simulation du grand oral la veille du début des épreuves. Tu te souviens ?

— Oui. Qu'est-ce qu'il te voulait ?

— Antoine Vaudémont ! Comment a-t-il eu mon numéro ?

— Pierre, tu le lui avais donné pour prendre rendez-vous avant cet oral.

— C'est vrai.

— Que voulait-il ?

— Je suis reçu à l'ENA.

— Pas possible ! Champagne ! Appelle tes parents ! Que je suis fière de toi. Mais t'es pas croyable toi alors !

— Merci mon amour.

— Tu n'as pas l'air content.

— Est-ce vraiment pour moi, ce truc ? Mais les occasions de boire le champagne sont toujours bonnes... Enfin, j'appelle mes parents, après, je vais acheter à boire et on ouvre l'appart aux copains et à la famille.

29

Reçu !

Je me sens flotter au-dessus du droit public, des sciences politiques et de la note de synthèse. Du prof d'histoire merdique de banlieue me voilà au panthéon de l'orgueil familial. Tout va changer, maintenant... Du moins pour moi.

Nous fêtons l'événement. L'appartement est plein à craquer. Ma famille, mes amis, mes voisins. Ah oui, quand on fait ce genre de soirée, ne serait-ce que pour se faire pardonner le tapage nocturne...

Comme dirait Michel, il y a pas mal de viande saoule en fin de soirée mais parfois, l'ivresse est nécessaire. Berlu excelle dans ce domaine.

D'ailleurs, ce soir, il dort dans notre placard à chaussures, guitare sous la tête, juste les jambes qui dépassent dans le couloir. Il a composé quelques chansons très chouettes pour la soirée. Il nous a aussi fait découvrir son nouveau répertoire de musicien attitré de la team Coarraze. Qui a dit que la musique n'avait ni dieu ni maître ? Enfin, au moins, le voici sur le net. Cyberlu. Plusieurs de ses chansons ont dépassé les 100 000 visites. Pas mal pour un beginner – en bon énarque communicant je me mets tout de suite au franglais.

Même Arnaud Coarraze m'a appelé pour me féliciter et reconduire sa proposition :

— Que penseriez-vous d'être mon consultant spécial administration 2.0 ? On est très mal payé quand on est élève à l'ENA. Pas mieux qu'un prof débutant. Vous pourriez arrondir vos fins de mois. Rejoignez-nous, vous y trouverez votre compte, et moi aussi.

J'ai décliné son offre en l'assurant bien sûr de mon entier soutien.

Après la séquence musicale de Berlu, Inès a tenu à prononcer un discours. L'émotion de sa voix m'a fait chaud au cœur. Les gens sincères sont trop rares et font plaisir à entendre. Le ton était plutôt à l'éloge funèbre mais Inès ne fait pas de théâtre. Rien que du naturel. À la fin, je l'ai embrassée chaleureusement. Elle en était presque gênée. Elle m'a dit tout bas :

— Tu sais Pierre, je n'ai pas la conscience tranquille. Quand j'ai accepté de travailler pour Coarraze, je n'avais même pas un loyer d'avance sur mon compte.

— Tu n'as pas à te justifier. Je connais ton cœur. D'une manière ou d'une autre, il te fallait passer à autre chose. En plus, tu n'as jamais pu faire davantage bouger les choses que là où tu es maintenant.

— Justement...

Berlu décide qu'à ce moment-là je dois monter sur ses épaules, « pour que tout le monde voit la bête », beugle-t-il. Et, je parviens à éviter la poutre d'un geste agile de la tête. J'aurais pu être assommé, ce qui, finalement, serait revenu à peu près au même, si j'en juge par l'état dans lequel je me trouve ce matin.

Je n'ai jamais compris ceux qui disent qu'ils ont mal aux cheveux. Mal à la tête, alors là oui.

Claire est allongée à côté de moi, calme, les deux mains en prière sous sa joue. Le pire moment pour qu'un téléphone se mette à sonner ? Le sien n'en a cure, retentissant comme décuplé entre mes tempes. Claire tâtonne pour attraper l'appareil. Elle enchaîne les « oui » mécaniquement. Après une sorte de râle étonnant, elle pose le traversin sur sa tête. Plus question de brusquer davantage son réveil.

Quelques minutes passent, peut-être une heure. D'un seul coup, elle relève sa tête en me regardant et me demande :

— Pierre, tu rêves toujours d'aller dormir sur les dunes ?

— Cette nuit, j'ai plutôt été piétiné par des troupeaux de dromadaires.

— Le désert.

— En oubliant mon mal de tête, je te réponds que oui, mon rêve est toujours par là-bas. Et pourquoi tu me demandes ça ?

— J'ai une proposition de stage avec embauche définitive dans la foulée, voilà pourquoi je te questionne.

— Je savais que tu étais géniale. Chez qui ?

— *The National.*

— Chez les yankees ? L'Amérique, tu vas dire oui ?

— Non. *The National* est le quotidien des Émirats Arabes Unis. Ils cherchent quelqu'un pour couvrir la rubrique culture d'Abu Dhabi et sa région.

— Tu vas dire non ?

— Qu'en penses-tu ?

— Enivrant. Aïe, ma tête. Je veux dire, wouaw ! C'est pas là-bas le nouveau Louvre ?

— Si. Une chose me fait hésiter.

— Ah ?

— Toi.

— Comment ça ?

— Paris-Abu Dhabi, c'est six heures minimum d'avion. Aujourd'hui, je ne vois pas la vie sans toi. Tu comprends Pierre ?

— Bien sûr. Je dirais que ça me rassure et surtout que c'est réciproque. Et si je me fais petite souris pour que tu m'emmènes dans ta poche ?

— Tu rentres à l'ENA en janvier. Tu as oublié ?

— Justement, avant que ça me donne mal à la tête, j'y ai bien réfléchi. Je ne crois pas que je vais donner suite.

— Ça ne se refuse pas.

— Mais tu sais comment ça marche. Faut aller à Strasbourg, ensuite quatre mois par-ci, quatre mois par-là, toujours sous-pression.

— Tu le savais quand tu as passé le concours. Tu as fait tant d'efforts pour réussir. Je ne te comprends pas.

— Claire, j'ai passé des heures dans les livres. Cela m'a permis de réfléchir vraiment à ce que je veux faire. Ou du moins à ce que je ne veux pas faire. Je n'ai aucune envie de devenir administrateur de je ne sais quel service de la fonction publique. Très peu pour moi. Quant aux ors de la République et le costume cravate…

— Je ne sais pas trop que dire.

— Dis-moi juste que tu comprends !

— Ta décision est définitive ? Tu devrais en discuter autour de toi.

— Claire, la seule chose qui puisse encore me faire hésiter c'est ton regard sur mon choix.

— Tu risques d'avoir des regrets.

— Tiens, ça sonne. Tu attends quelqu'un ?

30

— Michel ? À peu de choses près, tu tombes bien, explique Claire sur le pas de la porte. Il faut que tu parles avec Pierre.

— Je suis venu pour cela. Rien de grave au moins ?

— Tu verras.

J'expose la situation :

— Claire a une proposition pour Abu Dhabi. Moi, je ne veux plus faire l'ENA.

— Bigre. Les deux sont liés ?

Je lui réponds que non. Enfin peut-être que non, mais surtout que là n'est pas le problème. Je précise à Michel les motifs de ma décision. Il m'écoute. Quand je pense avoir terminé, Michel soupire, une fois, puis une deuxième, plus profondément. Le temps de la réflexion peut-être.

— Tu vois petit (je fais vingt centimètres de plus que lui mais Michel m'appelle toujours ainsi), il faut que tu t'interroges sur les raisons profondes de cette décision. Est-ce la peur, l'ennui ou l'amour ?

— Euh...

— Ne répond pas tout de suite. Laisse-moi juste te raconter quelque chose. Tu te souviens de Sacha Emona, la papesse du 20h ? Ce n'est pas la première fois que je la rencontrais l'autre jour.

— Oui, tu nous as dit avoir préparé avec son directeur de rédaction mon interview.

— Ma première rencontre remonte à plus de quarante ans.

— Ah bon ?

— Lorsque le Larzac était une terre d'affrontement, elle est venue enquêter sur le terrain. Elle avait déjà un tempérament de feu. Très belle aussi. Comment c'est arrivé, je ne sais pas exactement mais ce fut l'idylle.

— Alors, là...

— On s'est rencontrés en 1973. Elle venait une ou deux fois par mois pour suivre l'évolution des événements. Moi, je vivais entre Millau et Pont-de-Salars où j'avais ma famille, et des brebis à élever. Pendant plusieurs années, nous nous sommes aimés au rythme des rassemblements sur le Larzac. En 1978, tout a basculé. Je suis monté à Paris pour la première fois de ma vie. Pendant trois jours, j'ai découvert la capitale avec Sacha pour guide.

— Alors, là...

— Je me souviens très bien de ces jours heureux. Après une balade à Montmartre, nous sommes allés soutenir ces dix-huit paysans venus du pays à pied. Plus de 700 km quand même ! Il soufflait un vent de liberté, si tu savais. À ce moment, Sacha m'a demandé de rester vivre avec elle à Paris.

— Alors là...

— Elle venait d'obtenir un poste à Radio France, tout juste née des cendres de l'ORTF. Elle n'irait plus en Province. Sa promotion était une sanction pour notre amour. J'ai quitté Paris. Je n'ai revu Sacha qu'il y a un mois. Quarante ans après. Ah, il s'en est passé entre-temps. Une chose est sûre, des regrets, j'en ai. Du matin au soir et du soir au matin.

Claire, qui n'a dit mot jusque-là, esquisse un geste pour se relever et se verser du café. Son visage est d'une pâleur inhabituelle. Peut-être même une larme.

— Pourquoi ne nous en as-tu jamais parlé ? je demande à Michel. Je croyais bien te connaître.

— Aujourd'hui, les questions se posent à toi plutôt qu'à moi, non ? Pierre, ta décision doit être pesée. Faut-il mettre un terme à une belle carrière avant même d'avoir commencé ? Et puis, il y a la Reinette. Par l'intermédiaire de Maxence, j'ai gardé le contact avec la team Coarraze. Le projet perd son âme, dit-il. La Reinette s'est fait avaler. Elle n'est plus qu'une sorte de franchise d'une multinationale. Il faut que tu reprennes du service. Nos amis sont prisonniers de leur engagement. Ils ne peuvent plus infléchir quoi que ce soit et crois-moi, les belles paroles de Coarraze iront dans le grand cimetière des promesses perdues, avec oraisons funèbres en langue de bois.

Au revoir, refondation de la République. Dans trois jours, il est Président. Après...

— Figure-toi Michel que j'ai beaucoup réfléchi. Les structures politiques et sociales de notre pays ne sont pas prêtes à de grands changements. Internet a été construit à l'image des gens de pouvoir, à l'image d'une société avide de supériorité des uns sur les autres. L'outil est beau mais le bricoleur est mauvais. Entrer en politique aujourd'hui est plus un choix de carrière qu'une conviction. Je vais essayer d'éviter le formatage et l'opportunisme. Ça peut paraître banal et naïf mais j'éprouve comme un malaise face au mammouth oligarchique. Un jour peut-être, je changerai d'avis. Là, je n'ai pas du tout la tête à cela, mais alors pas du tout.

— Mais que vas-tu faire de tes années de Sciences Po ? Tu peux enfin devenir acteur en rentrant dans le système, politique ou administratif, et tu fuis ? Quant à toi Claire, tu fais tes bagages pour de bon ?

— Il faut encore qu'on en discute avec Pierre. Il pourrait y avoir plusieurs possibles.

31

Claire doit me retrouver dans quelques minutes.

La conférence sur les réseaux sociaux et le marketing viral web organisée par Google a pu être reportée à ce soir. L'amphi est déjà bien garni. Hasard surprenant, Gérard Allegro est assis à côté de moi. Il n'est plus ministre. Il a démissionné. Ses camarades ne lui survivront au gouvernement que pour quelques heures encore. Peut-être est-ce mon regard insistant qui déclenche la conversation.

— Si vous voulez le savoir, je suis bien l'ancien ministre honni de l'éducation.

— Euh...

— Mais si vous voulez vraiment savoir, je ne suis pas tout à fait qui vous croyez, poursuit-il.

— Je n'ai pas l'habitude de porter des jugements hâtifs...

— Non, bien sûr ! Comme tout le monde, continue Allegro. Ce qui s'est réellement passé ? Je vais vous le dire.

Monsieur Allegro, qui a l'air plus jeune qu'à la télévision, prend une voix de conteur :

— Sans vouloir rentrer dans les détails, sachez d'abord simplement que je ne suis pas homosexuel. Les vidéos qui ont circulé partout étaient truquées et j'ai présenté ma démission de manière insistante quand j'étais ministre, ce qui m'a été refusé et valu de sérieuses menaces.

Mon air dubitatif l'agace. Il reprend le fil de ses explications. Après quelques minutes, je l'interromps :

— Et vos propos sur la théorie de l'évolution, ce n'était pas vous non plus ?

— Ma première erreur ! Nommé ministre, j'ai cru avoir des ailes... et j'en ai oublié de relire mes discours. Celui dont vous parlez ? Je n'ai fait que le prononcer en idiot et en public à partir de ce que m'avait écrit un soi-disant conseiller. Une fois les paroles énoncées, le retour en arrière était impossible. Je me suis fait piéger comme un débutant que j'étais dans ces nouvelles fonctions. Il est vraiment très difficile de tout contrôler à ce niveau. Malheureusement, je crois que je n'ai rien contrôlé...

— Mais pourquoi ne pas avoir apporté de démenti sur ça comme sur les affabulations dont vous avez été victime ?

— Vous avez en mémoire le dernier ministre qui s'est défendu d'accusations injustes à son encontre ? Il était coupable. Honteusement coupable. Tout le monde le sait. Alors maintenant, quand on n'est pas coupable, on a une seule possibilité : se taire. Désormais, vous ne pouvez lutter contre ceux qui veulent vous salir quand vous êtes aux responsabilités. Les armes sont inégales. La machine médiatique contre un homme seul. Et puis vous savez, avec Internet, plus une information est fause, plus elle est virale. Alors la seule chose que j'ai pu faire a été de convaincre ma famille et mes proches que les attaques étaient infondées. L'exercice a été difficile... Et puis, vous ne serez peut-être pas d'accord avec moi mais finalement, je pense avoir réussi à faire changer les mentalités. Le mariage des homosexuels et les droits afférents, vous admettrez que la société n'était pas prête il y a cinq ans. Eh bien, toutes ces affaires sur mon compte, elles ont permis de banaliser, de faire entrer dans le quotidien des gens, d'initier des débats sur le sujet. Sans en avoir l'intention, j'ai probablement pas mal fait avancer les choses. Pas là où je le pensais lorsque j'ai été nommé ministre, mais après tout, ce n'est pas si mal.

— On vous présentait comme quelqu'un de farouchement opposé à toute reconnaissance supplémentaire de droits aux...

— Vous faites trop confiance aux médias. Je vous ai dit que je ne suis pas homosexuel, je ne vous ai pas dit que j'ai quelque chose contre. Les gens font bien comme ils veulent, ça ne dérange personne, pas vrai ? Et il fallait bien mettre fin à ces situations ubuesques, ajoute-t-il avec une emphase ministérielle retrouvée.

— Mais quand même, la politique, ce n'est pas faire avancer les choses là où on veut le faire ? je demande poliment.

— Là où on vous dit de le faire plutôt...

— Mais la Présidente vous soutenait, non ?

— Le premier jour... Ensuite, l'histoire qui m'a été collée sur le dos lui permettait surtout d'envoyer la meute des journalistes sur d'autres pistes que celles de ses comptes à l'étranger... Mais je vous ennuie avec mes histoires. Méfiez-vous de vos amis, surtout s'ils ont portes ouvertes sur les médias. Vous êtes à HEC ? Moi, j'entame de très longues vacances. Je viens juste écouter parler d'avenir par des gens intelligents, loin du bruit des ministères. Pas prêt de m'y revoir.

Étrange bonhomme en contraste total avec son image médiatique. Étrange conversation aussi. Il m'a posé des questions, jamais attendu les réponses...

La scène politique n'est qu'un grand théâtre. Querelleurs, ambitieux et prétentieux raillent, jouent, feintent, mais ne touchent pas souvent à la fin de l'envoi...

Le peut-être brave ministre présente maintenant un visage impassible. Qui est-il vraiment derrière son masque rigide ?

Peut-on vraiment accéder au pouvoir dans ces jeux de dupes incessants tout en restant intègre, authentique et volontaire ? J'aimerais y croire. En tout cas, le pouvoir impose de violentes transformations sur soi.

— Ça fait dix minutes que je te cherche, me dit Claire en posant sa main sur mon épaule. T'as vu que tu es installé dans le carré VIP ?

— Euh ?

32

Je n'aime pas vraiment l'avion. Je regarde ces nuages cotonneux quelque part à mille pieds au-dessus de la mer. Je cherche du regard comment couper cette climatisation qui m'assurera un torticolis durable.

— Monsieur ? Une boisson fraîche ?

— Vous avez du jus de pomme ? C'est parfait.

Tout est parfait. Je me sens un peu comme Brad Pitt à Las Vegas, contemplant les jets d'eau du Bellagio à la fin d'*Ocean's Eleven.*

Une belle aventure collective s'achève de manière mitigée, mais mon trésor dort à côté de moi, sa tête sur mon épaule.

Claire s'est assoupie depuis que nous survolons le désert. Je regarde les sables à l'infini par le hublot. Ces milliards de petits grains d'éternité et de sagesse me confortent dans mon choix. Le journal qui a recruté Claire m'a également embauché comme photographe. Mon permis de séjour n'est même pas touristique !

Strasbourg attendra. Mon pied de nez peut paraître un peu difficile à comprendre. Quand elle a été informée de mon refus d'intégrer l'ENA, la présidente du jury m'a appelé pour savoir si je pouvais revenir sur ma décision. Elle s'est dite très surprise de mon choix car elle sentait en moi un fort potentiel pour une carrière administrative au plus haut niveau. Je lui ai répondu que c'était bien cela qui me faisait peur et que j'avais la certitude qu'une part de ma liberté disparaîtrait en suivant cette voie. Elle m'a prévenu que j'allais faire face à une sacrée traversée du désert. Elle était très sincère, presque maternelle. Je lui ai expliqué que j'étais conscient de ce que représentait ma fuite…

Je m'en vais voir un autre monde.

Notre aventure 2.0 m'a fait réfléchir. D'une société où tous les égoïsmes étaient permis, nous avançons sur la voie de celle où tout est lié au regard des autres par l'intermédiaire des réseaux sociaux. Pire encore…

Comment s'échapper ? Sûrement pas en acceptant de devenir ce que l'administration aura choisi pour moi, en intégrant la caste des dominants. Je n'ai pas de doutes sur mon choix et je n'aurai pas de regrets. Dans une bataille perdue d'avance contre le poids de la société, j'ai repoussé l'heure de ma défaite. Rien de plus. Claire a compris que mon sentiment de liberté était en jeu. Elle m'a dit qu'elle ne souhaitait rien de plus que je l'accompagne.

Abu Dhabi, curieux choix ? Entre ville de l'hyper modernité et terre par excellence de tous les conservatismes... Nous verrons bien ce qu'il adviendra de cette traversée du désert.

Pour l'instant, le décor qui défile sous mes yeux alimente mon plaisir. Je m'échappe du vieux continent bardé de son cynisme collectif.

Réveillée, Claire esquisse un sourire pour chuchoter :

— Regarde là-bas, la Burj Khalifa. C'est Dubaï, la tour la plus haute du monde. 828 mètres de verre et d'acier. Le XXIe siècle ! Du désert aux gratte-ciel...

Quelques minutes plus tard, la tour de l'ambassade de France à Abu Dhabi est plus petite, mais pas tellement moins impressionnante. Nous y avons rendez-vous tout à l'heure : 35e étage... Et demain soir, nous irons dormir sur les dunes de Liwa.

Je m'imagine déjà, foulant la crête de la dune rougeâtre, prêt à basculer d'un côté ou de l'autre. Les vents ne tarderont pas à effacer la balafre hideuse laissée par mes pas sur le sable...

— Arnaud Coarraze est le nouveau Président de la République !

Ouf, en guise de réveil, ça déménage comme info ça ! Mon magazine de voyage encore à la main mais passablement froissé, je me demande combien de temps je me suis laissé aller à la rêverie.

— Il a recueilli plus de 60% des suffrages. Une victoire aussi écrasante qu'historique, m'annonce Claire.

Nous avons fêté l'événement. L'esprit de la place de la Bastille s'est à nouveau manifesté ce soir-là. Malheureusement, il est bien vite rentré dans sa lampe merveilleuse. Les Français ne sont peut-être faits que pour les veilles de lendemains qui chantent. Après revient au galop le temps des déconfitures.

Imed et Caro ont senti le vent tourner les premiers. Ils ont perçu dès le lendemain de l'élection que Coarraze n'avait plus besoin d'eux et que ses propositions de nouvelle constitution n'étaient que chimères. Caro a remis ses baskets, son jean et sa couette d'instit avec joie. Imed se donne le temps de la réflexion avant d'accepter un nouveau job...

La belle aventure a tourné court pour tous.

Ludo fulmine car il doit reprendre ses tours de stade dans un bahut pourri... Curieusement, Maxence paraît le plus ébranlé. Inès, Ludo et Berlu s'étaient engagés derrière Coarraze sans vraiment croire à ses promesses. Ils ont été moins déçus. Mais pour Maxence, un réel espoir s'était levé, bien plus qu'avec notre projet d'élection présidentielle par le web. Un soir, dernièrement, il nous a donné rendez-vous à Claire, Michel et moi, dans un bar de la rue du Faubourg Saint-Antoine. Maxence nous a rejoint dans un état d'excitation inhabituel pour lui :

— Je me suis vraiment fait piéger. Il nous a bien eus. Vous aviez raison...

Maxence, très remonté contre Coarraze, a continué :

— Vous vous souvenez qu'il est venu nous chercher ? Eh bien, devenu Président, il nous a oubliés, enfin pas tout à fait. J'ai eu un coup de téléphone d'un de ses sbires qui m'a annoncé purement et simplement que mon contrat était caduc, que je pouvais rester chez moi, que mon travail était terminé. Ce matin, je suis donc allé au Q.G. de campagne. Deux colosses avec leurs molosses m'ont barré le passage. Interdit, niet, finito ! Je suis écœuré. Coarraze nous a effacés.

— Oublie-le, lui et sa cour, propose doucement Michel. Tu sais, ces gens ne vivent pas dans le même monde que nous. Ils sont derrière leurs miradors, prêts à faire feu sur ceux qui voudraient leur part du gâteau. L'expérience de la Reinette était authentique. La suite, beaucoup moins. Mais tout cela a révélé que les forces vives existent sur le net tandis que nos gouvernants persistent à ne pas voir la façon dont le monde change. Il y aura des réveils brutaux.

— Je suis d'accord avec toi Michel. Nous avons fait une erreur en pensant que la cyberdémocratie passait par un vote Internet, ajoute Claire. Plaquer une méthode ancienne à un nouvel espace de rapports humains...

— Oui Claire, d'ailleurs, l'avenir n'est peut-être pas dans le suffrage, reprend Michel. En revanche, regarde comment les médias sociaux modifient la vitesse et la nature du débat démocratique. Regarde comment une émotion collective peut s'y catalyser. La production massive et collaborative d'informations par les internautes peut ensuite faire naître de nouveaux modèles culturels que les hommes politiques actuels ne saisissent pas. Ils courent derrière, conscients qu'une révolution est en marche, mais elle leur échappe inéluctablement car ils n'ont pas l'outillage mental pour s'en saisir. Coarraze a le mérite d'avoir senti les choses.

— Mouais, pas très convaincant ton bel espace démocratique virtuel, réagit Maxence. Pour l'instant, avec ses défauts, l'élection de parlementaires est la seule garantie d'un peu de représentation des aspirations des gens. Quant au nouveau Président, même si c'est le moins pire qui pouvait arriver, je suis quand même dégoûté. Pas plus de parole que les autres... Aussi altruiste que les précédents.

Vous aviez tout vu venir, n'est-ce-pas ?

— Peut-être en partie, répond Claire. Cela dit, nous pouvions facilement résister à l'appel de Coarraze parce que notre quotidien est relativement aisé. Ne croit pas qu'on vous a jeté la pierre parce que vous avez emboîté le pas de notre désormais glorieux Président.

— Maxence, je ne veux pas remuer le couteau dans la plaie, ajoute Michel en posant sa chope sur la table, mais j'ai essayé de vous prévenir. Même Imed a accueilli très froidement mes conseils de prudence. Pourtant, j'avais suffisamment d'éléments pour penser que le groupe était sous contrôle.

— Tu sais lire dans les boules de cristal ?

— Non Pierre, juste Sacha. Elle m'avait prévenu que le passage d'un membre de la Reinette sur son plateau, ça sentait la manipulation à plein nez. Coarraze et le patron de TF1 sont de la même promotion de l'ENA. Le réseau fonctionne à plein. C'est Coarraze qui t'a imposé sur le plateau du JT.

— Tu étais avec moi ce soir-là. Tu aurais pu me le dire Michel !

— Je l'ai su juste avant. J'ai eu quelques minutes pour réfléchir et la suite m'a donné raison.

— Comment ça ? demande Maxence, un peu déboussolé.

— La prestation de Pierre, bien aidé par Sacha, il faut le dire, a dépassé les attentes. Au-delà du net, beaucoup d'agitation a traversé les rédactions des grands journaux après l'émission. Les spin doctors de Coarraze se sont mis à trembler et lui ont conseillé d'endiguer la vague avant qu'elle ne devienne déferlante. Résultat : coupure du net.

— Seulement à cause de nous ? interroge Claire.

— D'après Sacha, oui.

— Mais tu parles tout le temps de Sacha, Sacha Emona ? Tu la connais si bien que ça ? demande Maxence étonné.

Moyennant une pinte de bière supplémentaire, Michel raconte à nouveau son idylle en nous révélant qu'elle a repris.

Je suis pensif. Maxence aussi. Le coup n'est pas passé très loin. Et si nous avions résisté collectivement aux sirènes de Coarraze et de son carnet de chèques ?

Apparemment, je pense tout haut car Michel me répond.

— Il est bien difficile de savoir ce qui se serait passé. Peut-être que la voie vers un humanisme numérique se serait ouverte paisiblement, dit-il en plaisantant.

— J'ai du mal à penser qu'une action comme la nôtre, quelques interventions ici et là, pas toujours organisées ni cohérentes, auraient pu entraîner des millions de gens.

— Grâce à Internet, tu avais trouvé un écho. Et parce qu'en affirmant tes idées à la télé, cet écho a pris du sens et un visage, une lame de fond était prête à surgir à la surface.

— Michel, avec ton expérience et ce que tu savais, tu aurais pu intervenir quand Coarraze a réussi à nous convaincre de le suivre.

— Pas cette fois Pierre, pas cette fois. Vous deviez reprendre la maîtrise de votre projet. Vous n'avez pas emprunté la route que j'aurai choisie. C'est tout.

— Et maintenant ? demande Maxence.

— Maintenant quoi ? dit Claire en haussant les épaules. La Hire n'est plus là. Coarraze est probablement un peu moins pire. Notre aventure a pris fin. Que veux-tu de plus ?

Ludo passe sur le trottoir, casque de moto au poing. Claire lui fait signe de se joindre à nous. La discussion reprend. Je raconte que Claire s'en va trois mois aux Émirats Arabes Unis dès janvier pour terminer sa scolarité.

— Vous n'allez pas vous voir beaucoup entre toi à Tataouine et toi à Strasbourg, s'indigne Maxence.

— C'est plutôt moi qui vais à Tataouine ! se réjouit Michel. Enfin pas très loin, je pars en thalassothérapie pour un mois à Djerba, avant de rejoindre mon quartier général à Essaouira. Mais cette fois, je n'y vais pas seul. Un amour de jeunesse m'accompagne...

— Je suis ravi pour toi Michel. Mais comment va faire Sacha avec son travail ? dit doucement Claire.

— Elle va être débarquée. Je te rappelle qu'elle était assez hostile au coup de force de Coarraze. Et puis l'heure de la retraite a sonné pour elle aussi.

Ludo est intrigué par l'idylle entre Michel et Sacha Emona. Mais il est encore plus perplexe devant ma décision :

— T'es un triple con ! Quand je pense que je suis obligé de retourner m'occuper des gamins des autres à la rentrée et que toi, tu minaudes sur ta scolarité à l'ENA. T'as l'occasion de remuer ciel et terre, qu'est-ce que t'attends ?

— Je ne me déconnecte pas en partant à l'étranger. J'aurai une vision plus extérieure, plus lucide et rien ne m'empêchera de jouer aux activistes...

— C'est ça. Continue à théoriser. Dans le vide. Au moins à l'ENA, tu pourrais rentrer dans le tas !

— Je ne crois pas que je serais davantage en mesure de résister aux forces du système une fois dedans. Je préfère garder les pieds dehors. Mais je comprends ce que tu veux dire. On verra. Et puis...

— Finalement, ta position est la plus égocentrique qui soit. Tu laisses tomber la bataille et tu vas te planquer peinard.

— Tu as peut-être raison. Je veux vivre près de la personne que j'aime...

Politicien ? Non. Mais citoyen attentif des autres et du monde toujours. Le reste passe loin derrière...

Je suis persuadé qu'Internet a changé le pouvoir. C'en est terminé du système pyramidal. Les idées, le contrôle et les peurs ne viendront plus tout écraser d'en haut. Instabilité garantie ! Il y aura encore des empereurs médiatiques mais les réseaux sociaux puiseront dans la base, obligeant les médias à relayer de plus en plus les discours et théories anonymes du bien commun. Je serai là. Je participerai. Je n'en retirerai probablement rien... C'est si individualiste que ça ?

On boit encore beaucoup ce soir-là. Berlu nous rejoint. Idéal pour refaire le monde.

Tard, bien tard dans la soirée, je glisse dans le creux de l'oreille de Claire :

— Je suis un peu ivre mais je vois distinctement notre avenir.

Claire ne me laisse pas le temps de continuer et me dit doucement :

— Tu deviens responsable pour toujours de ce que tu as apprivoisé, tu te souviens mon Petit Prince ? Trois mois à Abu Dhabi… Gardons notre appart à Paris. Pour vraiment refaire le monde, c'est là qu'on sera le mieux, tous les deux. Elle cache autant qu'elle peut ses émotions. Insaisissables. Sourires de l'avenir.

FIN

Les principaux personnages de Reinette 2.0 habitent les réseaux sociaux :

Claire Letellier
Pierre Saintrailles
Inès Préceau
Caroline Brun
Imed Laribi
Michel Baraqueville
Chloé Gagneux
Julien Coarraze
Joseph Berlu
Maxence de Beauharnais
Noa Zimmermann
Ludovic Rozmital
Sacha Emona
Arnaud Coarraze
Jeanne La Hire
Raoul Laval
Gérard Allegro (nom d'emprunt)

Achevé d'imprimer sur les presses de
In Tempo en janvier 2017
Dépôt légal : janvier 2017
N° d'impression : 701184